赤まんま

慶次郎縁側日記

北原亞以子

朝日文庫

本書は二〇〇八年十月、新潮文庫より刊行されたものです。

赤まんま　慶次郎縁側日記　目次

赤まんま　慶次郎縁側日記

三日の桜

わずか二日、根岸の寮を留守にしていただけなのだが、隣家の桜が満開になっていた。あとを追ってくる孫の八千代の涙に負け、昼までいてくれても罰は当らぬ筈というお登世の恨めしげな顔に惹かれて、孫のいる八丁堀でも、お登世の住む上野でも滞在を延ばしていたならば、花びらが庭を埋めつくしていたかもしれない。

慶次郎は、下駄をはいて庭におりた。霞んでいるような曇り空で、明け方に少し降った雨が庭土をゆるませている。隣家との間にある垣根に近づいて行くと、二の字の下駄のあとに、あるかなしかの紅色をにじませている花びらが落ちてきた。

垣根に手をついて、桜を見上げた。

きれいだ。

そのほかの言葉が浮かんでこない。が、一つ一つの花の美しさが胸にしみてくるようになったのは、いつの頃からだろう。若い時の花見は、今思えば、不遜だった。市中見廻りを終えてから、あわてて墨田堤へ駆けつけたせいもあるのかもしれないが、枝も花も重なりあうように咲いているのを「見事だ」の一言で楽しんで、花そのものっていなかったような気がする。帰り道で「一輪の美しさは梅が勝る」などと言っていた記憶があり、いったい桜の何を見ていたのかと恥ずかしくなる。

見にくる人もない根岸の寮で、精いっぱい花開いている桜に咲き誇っているようすはない。ひっそりとした風情がものがなしくて、慶次郎は、垣根に沿って歩きはじめた。吹いてはいないと思える風にも、花びらがひとひら、またひとひらと散ってくる。おそらくは今日が一番の見頃だろう。明日の朝の桜は、少し姿を変えているにちがいない。雨上がりの暖かさに、佐七までが綿入れの袖なしを脱いだのである。

「旦那」

背に、不機嫌な声が突き刺さった。慶次郎は、声にかたまって、きしんでしまいそうな首筋を撫でてからふりかえった。声も不機嫌だったが、それ以上に不機嫌な顔をした佐七が、高箒を持って立っていた。

今朝、花ごろもから帰ってきた時は、くぐり戸にも錠がおりていた。出かける前、ひさしぶりに八千代の顔が見たいと言った時は、「俺に遠慮はいらない、泊まってきなさるがいい」と笑ってくれたのだが、あれは、「一晩ならば」という期限つきだったのかもしれなかった。

「うろうろ歩きまわらないでくれないかね。誰が庭掃きをすると思ってなさるんだ」

庭掃きは俺もすると思ったが、黙っていた。

「旦那は雨が上がってから帰ってきなすったから、ここの庭がどうなっているかご存じないのかもしれないが、この通り、ぬかるんでいるんだよ。そこをうろうろ歩かれると、散った花びらが土ん中へ入っちまって、掃きにくくってしょうがない」

「そいつはすまなかった」

頭をかくかわりに首筋を撫でつづけ、慶次郎は、庭に小さな林をつくっている楓の中を抜けてこようとした。が、花びらは、そこここに落ちている。踏まずに歩くのはむりで、上げた足のおろすところがない。よろめいた時、ためらいがちに案内を乞う声がした。

佐七に叱られるのは覚悟の上で足をおろし、とりあえず両足で立って声のした方へ目を向けると、くぐり戸を半分ほど開けて、三十過ぎと思える女が顔を出していた。隣家の持主である日本橋本石町の扇問屋、美濃屋清兵衛の女房だった。名は確か、おときといった筈だった。

「あの、私どもの桜が、こちら様のお庭を汚しておりますようで」

慶次郎の背を冷汗が流れたが、佐七は、まるでかかわりのないような顔をして裏庭へまわって行った。

「散る花びらを眺めているのも、なかなか風流です。どうぞ、お気になさらぬよう」

「いえ」

おときはちょっと口ごもってから、風呂敷包を差し出した。

「いつぞや佐七さんの好物と伺いましたので。橘屋の初夢煎餅でございます」

「え？」

腑に落ちぬ言葉だった。散った花びらを踏んで歩かれては、掃除がしにくくて困ると佐七が怒ったのは、たった今のことである。佐七が茶請けにも、三度のめしのあとにも煎餅を食べるとは、幾度か顔を合わせているうちに言ったかもしれないが、橘屋は両国米沢町の菓子屋だった。買いに行く暇のあるわけがない。

慶次郎は、佐七の姿が見えなくなった裏庭をふりかえった。今、初夢煎餅が届けられるということは、一昨日、慶次郎が八千代と遊んでいた頃か、或いは昨日、お登世といた座敷の障子を花冷えのせいだけではなく閉めきっていた頃に、佐七は楓の林の中で、花びらを散らしはじめた桜に悪態をついていたのではあるまいか。

「お気を遣わせてしまって申訳ない。何か、失礼なことを言っておりましたか」

「いいえ」

おときは、ゆっくりとかぶりを振った。が、佐七の悪態がすべて聞えていたとしても、それを口にするわけはないだろう。

　慶次郎は佐七を呼んだ。高く積まれている薪の陰から、佐七がおそるおそる顔を出した。眉間に皺を寄せているのは先刻と同じだが、むしろ心配そうな表情に見える。花びらを散らす桜に悪態をついたことが、うしろめたくなってきたのかもしれなかった。

「花びらで庭を汚してすまねえと、わざわざ詫びにきてくれなすったんだよ。そんな気遣いはいらねえと言っているところだが、お前も一緒に、そう言ってあげてくんなよ」

　用心深そうな目を向ける佐七に、おときが深々と頭を下げた。

「まことに気のつかぬことでございました。明日からおかよを掃除に寄越しますので、ご勘弁下さいまし」

　佐七の返事はない。

「が、せっかく咲いた花でございます。まもなく清兵衛もまいりますし、ご一緒に見てやっていただけると嬉しゅうございます。仕出しの料理も届きますが、おかよも貝柱の和えものや木の芽田楽くらいはこしらえます。あとでとおっしゃらず、お手がすきましたら、いつでもぜひ」

「願ってもないことです」

慶次郎は、もう一度佐七をふりかえった。佐七は駄々っ子のように頰をふくらませていたが、おときが自分を見ていることに気づくと、まぶしそうに目をしばたたいて勝手口から家の中へ入って行った。

「酒は、うちにあるのを持って行きなさるかね、旦那」

おときが、ほっとしたように口許をほころばせた。佐七が、山口屋から届いたばかりの角樽を持って出てきたのだった。


窓を開けた座敷に、桜の花びらが吹き込まれてきた。

おぬいは、この中宿の向いにある寺院の桜を思い出した。中宿の出入口がある路地の向い側は寺院の長い土塀で、おそらくは境内にあるのだろう、大きく枝をひろげた桜が、しきりに花びらを降らせていたのである。

もうじき春も終りになる。

ふっと、そんな独り言が声にならずに頭の中を通り過ぎて行って、まだ寝床の中にいる礼次郎をふりかえった。

小柄で非力な亭主の安兵衛とはちがい、田丸屋を追い出されてから荷揚げ人足をしていたという礼次郎の軀は、あちこちに力瘤があるように、洗いざらしでやわらかな浴衣を丸く盛り上げている。

その軀が寝返りをうって、窓際にいるおぬいを見た。「閉めておくんなさい」と言う。

「お天道様は、もうのぼっているんでしょうが。人に見られたらどうなさるんですえ」

「別に困りはしないけど」

そう答えながら、おぬいは窓の障子を閉めた。安兵衛は、おぬいが若い男と会っているのを知っている。近頃では、その男がかつて自分の店で働いていた礼次郎であるとも気がついたようだ。

礼次郎は、安兵衛とおぬいが小売りの米屋である田丸屋をゆずりうけたのち、はじめて雇った男だった。越後から出てきたばかりで、右も左もわからずに困っていたのが朴訥に見えたのと、体格がよく、米俵を軽々とかつぐのとで、こちらから誘うようにして手代として雇い入れたのである。

が、近所の八百屋の娘と深い間柄となったことがもとで、暇を出した。もう七、八年も前のことだ。当時の礼次郎は、十八か九だった。美男と言ってもよい顔立ちの持主で、田舎にいる時に寺の住職からいろいろなことを教わったと言っていた。言葉通り算盤は達者だったし、読み書きも安兵衛以上にできるだろう。近所の娘達は皆、礼次郎に好意をもっていたようで、なかでも負けぬ気の強い八百屋の娘が言い寄ってきたらしい。娘からの文を見せ、うるさくて困ると礼次郎が顔をしかめた時、まだ夫婦仲は円満だったにもかかわらず、妙にほっとして口許をほころばせたことをおぬいは覚えている。

その後、娘の強引さに負けたのかどうか、二、三度夜更けてから帰ってきたことがあった。見咎めたおぬいが問いただすと、出合茶屋へ出かけたことをあっさりと認めた。何かあってからでは遅いと、暇を出すことには、安兵衛よりおぬいの方が熱心だった。

「帰りますか、そろそろ」

礼次郎が立ち上がって、借りものの浴衣を脱いだ。色白の若者だったが、数年間の荷揚げの仕事で、さすがに日焼けしている。礼次郎を探しあてた時は、その皮膚の色に、苦労をさせてしまったと涙ぐんだものだった。

おぬいは礼次郎に背を向けて、鏡台に鏡を立てた。礼次郎は、自分の軀が鏡に映っていると思っているようだが、ろくに磨きに出していない中宿の鏡が、三尺以上も離れている男をはっきりと映し出すわけがない。かたく肉のついた腕を叩いて、心地よいと当人は思っているらしい音を響かせている礼次郎に、おぬいは、眉をひそめながら髪の乱れを直した。昨夜の自分との違いに、自分で呆れ返った。

「先に出てくれる?」

「え?」

怪訝な顔をしたにちがいない。十日ほど前にもこの中宿で会ったが、その時も、礼次郎にいくらかの金を渡しておぬいが先に出た。いつも人通りはないのに、その時にかぎって寺の小僧が路地の先の裏通りを走って行った。

おぬいは、乱れ箱の隅の財布を取った。一分といくらかの金は用意してきたが、財布へ入れる指が震えた。

先月は三度、礼次郎に会った。そのたびに一分ずつ渡し、今日の一分で一両である。小売りの米屋にとって、楽な出費ではない。しかも亭主の安兵衛は、おつたという女にそれ以上の金をつぎ込んでいるのだ。蓄えは底をつき、今日の一分をつくるのに、おぬいはひさしぶりに質屋の暖簾をくぐった。

「すみません、俺が甲斐性のねえ男で」

そんなことを言って、礼次郎は金を受け取った。

おぬいと中宿で会うようになったのは半年前のことで、それからざっと三月後に、荷揚げの仕事をやめたと礼次郎は言った。商家からの人手探しに応じて働き口をまわしてくれる人宿、請宿などというところに、始終顔を出しているらしい。「飯炊きの働き口なら幾つもあるんですが」と、先日も苦笑していた。読み書きができるので、質屋の帳付けのような仕事を探しているのかもしれなかった。

あらためて髪を撫でつけて、鏡を伏せてふりかえると、唐紙の金具に手をかけていた礼次郎が微笑した。嫌ってもらってもいいのだというおぬいの気持には、まるで気づいていないようだった。

軽い足音が階下へ降りて行ったが、出入口の戸を開ける音が聞えてこない。まさか待っているのではと思いながら薄暗く見える階下をのぞくと、ようやく戸の開く音がした。中宿の主人も女房もよけいな口はいっさいきかず、代金だけを呟くように言うので手間がかからないのだが、釣銭の用意がなかったのかもしれなかった。

おぬいは、ゆっくりと階段を降りた。

帳場をかねた茶の間に坐っている夫婦は、そろって階段に背を向けている。が、履物はそろえられていて、おぬいは、そっと出入口の戸を開けた。それを待っていたように、風が桜の花びらを敷居とおぬいの足許に吹き寄せてきた。

寺院と大名屋敷の間を抜け、気の向いたところで坂道を降りて、根津権現の近くに出る。近くに駕籠屋があるはずだったが、歩いて帰ることにした。安兵衛とおぬいの店、田丸屋は、下谷町二丁目にある。遠い距離ではないし、おぬいを待っている者もいない。近所の人達が百文の銭と米上げざるを持って店へくるのは夕暮のことで、今は安兵衛が一人で店番をしていても、いそがしいことはない。

また花びらが降ってきた。どこに桜があるのかと、おぬいは足をとめて見廻した。気がつけば、道端にも吹き寄せられているのだが、どこにあるのかわからなかった。

ふっと、田丸屋をゆずりうけた時を思い出した。あれは十年前の三月はじめのことで、夢中で働いているうちに桜が満開になった。おぬいも安兵衛も、それを、店先の米の上に花びらが降ってきたことで知った。いいお花見ができたと喜んでいるところへ米を買いにきたのは、八百屋の女房だった。八百屋は前年の春に店を出したとかで、「上野のお山へ行かれるのは、お互い、もう少し先のことだねえ」と言って、女房は花びらをくれと言い、それを買った米の上にのせて行った。

あのあと、どれほど花びらが降ってきたことか。おぬいは、花びらを集めて盆にのせた。その夜は夫婦で酒を飲んで、二人とも少し酔って饒舌になって、ほんの少し夜更かしをして床に入った。安兵衛は三十六歳で、おぬいは二十九歳だった。

商売は順調で、もとの主人夫婦が店をたたもうとしていたのが嘘のようだった。安兵衛とおぬいの二人だけでは手がまわらなくなって礼次郎を雇い、礼次郎に暇を出したあとは今の浅吉を雇って、繁昌していることだけはずっと変わらない。

安兵衛が、時折家を空けるようになったのは、四年前のことだった。苦労をしつづけて、やっと一息つけるようになったところなのにと、おぬいは軀を震わせて怒った。越前生れの安兵衛と常陸生れのおぬいが江戸で出会い、何とかして店を持とうと、安兵衛は塩売りを終えたあとで風車をつくり、おぬいは縄暖簾で働いて帰ってくると、眠い目をこすって縄暖簾の主人や女将の着物を縫った。食べたいものも食べず、「いくら繕いものが得意だといってもねえ」と女将に笑われるほどの古着を着て、働きつづけたのではなかったか。

それに第一、田丸屋をゆずりうけることができたのは、誰のお蔭だと思っているのだ。田丸屋が暖簾をおろすという話を聞きつけてきたのは確かに安兵衛だが、ゆずりうけるに充分な金は、まだたまっていなかった。利息なしの金を貸してくれたのも縄暖簾の主人なら、地主や家主と話をつけてくれたのも縄暖簾の主人で、すべておぬいが額を畳にすりつけて頼んだからのことなのである。

お前のお蔭だと言って、安兵衛は喜んだ。「一生恩に着る」「夫婦なのに水くさいことを言わないでおくれ」といった言葉を交わしたのも、あの頃のことだった。

なのに安兵衛は、若い女に心を動かした。一生恩に着るどころか、六年たつかたたぬうちに、当時十八だったおつたの皺のない肌に目がくらんだのである。

その日の売り上げをごまかしては、おつたのいる新和泉町へ行こうとする安兵衛に手を焼いて、おぬいは幾度履物を隠し、洗い張りに出した着替えを取りに行かずに、出かける邪魔をしようとしたことか。懸命に履物を探し、おろおろと洗い張り屋へ駆けて行くおぬいを見て、少しは気持を落着かせてくれるのではないかと思ったのだが、逆だった。おつたしか頭にない安兵衛は、履物がなくなるのはお前がぼんやりしているせいだと言って、おぬいを殴るようになったのである。

「偉そうなことを言やあがって、誰のお蔭で店が出せたんだよ。誰のお蔭で女をかこえるほど稼げるようになったと思ってるんだ」

言ってはいけない言葉であることはわかっていた。わかっていたが、言わずにはいられなかった。安兵衛はすさまじい目でおぬいを見据え、翌日からほとんど口をきかなくなった。

さすがに店は気になるのか、おつたのほかは何も見えなくなっているのではと思えた当時でも、翌朝は必ず帰ってきた。愛想をふりまきながら商売をして、空腹になると近所の蕎麦屋へ行き、客が少なくなると店を浅吉にまかせて湯屋へ行くのである。

その日の売り上げの勘定をするのは、おぬいと浅吉だった。しかも、「たまにはお前さんも帳面を見ておくれ」などと言おうものなら、こぶしが飛んでくる。浅吉が安兵衛をとめると、畳に唾を吐いて、「手前の店なら、帳面は手前でつけろ」と吐き捨てるように言う。近所の人達に愚痴をこぼして嗤いものになるよりはと、礼次郎を探したのもむりはないと、今でもおぬいは思っている。

深川の料理屋の座敷で、礼次郎は、おぬいの愚痴を黙って聞いてくれた。「そりゃ、おかみさんもわるい」などとは言わなかった。「迷惑だろうけれど、また愚痴を聞いておくれ」と言っていたのが、たちまち「どうしてもっと会えないのさ」という礼次郎への拗ねて甘える言葉となり、安兵衛の苦い顔も目に入らなくなった。もし礼次郎と所帯をもてるようになれば、安兵衛が誰と会っていようと、田丸屋が人手に渡ろうとかまわなかった。そう思っていた。

が、ここ二、三ヶ月で、おぬいは店を人手に渡すなど、とんでもないと思うようになった。薄紙をはぐように病いが癒ったというが、それに似ているかもしれない。

田丸屋は子供のいないおぬいが大事に育ててきた店だし、そう考えると、十六、七の頃から一緒に苦労してきた安兵衛がおぬいの疲れを心配し、いたわってくれたことも思い出される。小柄な安兵衛が、疲れきって動けなくなったおぬいを縄暖簾から背負って帰ろうとしたことなどが頭に浮かぶと、さっさと荷揚げの仕事をやめてしまった礼次郎が、頼りない男のように思えてくるのである。おぬいは大柄な女だが、安兵衛は一言も重いと言わなかった。家に辿り着いた時はさすがに息をきらせていたが、先におぬいへ水を汲んでくれた。それやこれやを思い出すと、これこそ男と見えていた礼次郎の軀が、汗のにおいがしそうなだけだと嫌気がさしてくるのである。

そういえば——と、おぬいは思った。

近頃は、安兵衛も「手拭いはどこにある」などとおぬいに声をかけるようになった。世の中は三日見ぬ間の桜と言うが、人の気持こそ三日見ぬ間の桜、おぬいが礼次郎に愛想をつかしはじめたように、安兵衛も、おつたをもてあましはじめているのではないだろうか。

考えてみれば、桜は暖かくなると夢中で咲いてしまう。夢中で咲いてしまって、すぐに力つきて散ってしまう。安兵衛だって、若い娘にあれほど夢中になっては、息切れもしようではないか。

「早く帰ろ」

不忍池の半分ほどをまわって、もうすぐ広小路に出る。御橋を渡って広小路を斜めに歩いて行けば、下谷町二丁目だった。

おぬいは、小走りに橋を渡った。が、斜めに歩く筈の足がそこでとまった。軀の震えてくるのが、自分でもわかった。

池沿いの町並は上野仁王門前町で、そこに花ごろもという料理屋がある。安兵衛と一度は行ってみようと言っていながらそのままになっていた店で、礼次郎との逢瀬にも使ったことはない。

その店へ、おつたが入って行ったのである。新和泉町に住んでいるおつたが、わざわざ上野まで、それも名の知れた料理屋へ一人で昼飯を食べにくるわけがなかった。おぬいの足は、花ごろもへ向った。


安兵衛の姿はまだ見えない。おぬいと入れかわりに花ごろもへ出かけるつもりなのだろう。が、おぬいがいつまでも帰らなければ、しびれをきらして浅吉に留守番を頼むにちがいない。

おぬいの推測通りだった。安兵衛は、花を散らしながら上野の山から吹きおろしてくる風に、顔をそむけて広小路を横切ってきた。

走っているような早足だった。風に着物の裾があおられて、膝の上まで見えた。いい年齢をしてみっともないと、おぬいは舌打ちをした。

「でも、飛び出すのはまだ早いよ」

　おぬいは、足を動かしかけた自分へ押し殺した声で言った。安兵衛が花ごろもの暖簾をくぐってから飛び出さなくては、花を見にきたのだとか、筆を買いにきたのだとか、言訳をされる心配がある。

　が、そのまま暖簾の中へ飛び込んで行くだろうと思った安兵衛が、ふいに足をとめた。店の中から若い女中が出てきたが、「待ってくれ」と言ったらしい。おぬいがいると勘づいたように、あたりを見廻している。

　おぬいは、隠れていた天水桶に身を寄せた。先刻から強くなった風が巻いて吹いて、花びらが足許に押し寄せてきた。

「何だって、わたしが隠れなくっちゃならないんだよ。こそこそするのは、向うの方じゃないか」

　血のにじむほど唇を噛んだが、天水桶の陰から出て行く気にはならない。これから花見なのか、すでに酒が入っているらしい四人連れの男が上野の山へ向って歩いて行って、小僧に風呂敷包を持たせた商人風の男が、御橋を渡って行った。

　あんちくしょうめ。おつたと肩を寄せて、窓から花を眺めているにちがいない二階の座敷へ上がって行って、「出て行け」とわめいてやる。わめいて、店へ飛んで帰って大戸をおろして、縁側は雨戸を閉めて裏口にも錠をおろして、追いかけてきた安兵衛が俺のうちだと叫ぼうが、中に入れろと戸を叩こうが、知らぬ顔をしつづけてやる。明日の朝まで叫ぶつもりなら、叫んでいりゃあいい。明後日の夜まで戸を叩いていたければ、手に血のにじむまで叩いていりゃあいい。誰が中へ入れるものか。あの店は、安兵衛一人の力でゆずりうけたのじゃない。安兵衛一人が働いて、繁昌させたのでもない。わたしもお金をためたし、わたしが頭を下げて縄暖簾の旦那からお金を借りたのだ。

寄り添って花を眺めたあとで、「もう少しの辛抱だよ。おぬいは若い男にいれあげているから、それを口実に追い出してやる」などとおつたに言うつもりなのだろうが、そうはさせない。四年も前からおつたにのぼせ上がって、田丸屋を目茶苦茶にしたのはお前さんじゃないか。お前さんが、田丸屋の主人でございと言えるご身分かってんだ。

出て行くのは安兵衛、お前さんだよ。もう顔も見たくない。おつたと一緒に、どこへでも行っちまいな。ああ、持って行きたけりゃ所帯道具をみんな持って行くがいい。お金をくれと言うなら、わたしの簪も着物も売っ払って、お金をつくってやる。わたしゃ、一からやり直すよ。頼りない礼次郎だって、あんな女にうつつをぬかすお前さんより、ずっとましだよ。

おぬいは、胸のうちで思いきり悪態をついてから、天水桶から離れた。安兵衛はもう、花ごろもに入った筈だった。おぬいは二階へ駆け上がって、同じことを一気にわめくつもりだった。

が、天水桶の陰から出ると、そこに安兵衛がいた。

「何をしてる」

と、安兵衛はおぬいを見て言った。魚のような目だと、おぬいは思った。

「花ごろもで、お昼でも食べようと思って」

安兵衛は黙っていた。

「九つにはちょっと間があるけど、お腹が空いちまったんですよ」

おぬいは、安兵衛のうしろで気を揉んでいるらしい若い女中に声をかけた。

「ふいのお客ですみませんけど、二階の上野のお山がよく見えるお座敷へ上がらせておくんなさいな。なに、先客があったってかまやしません。この安兵衛さんの、ごく親しいお人なんですから」

「おぬい」

安兵衛が険しい顔で立ち塞がろうとしたのを押しのけて、おぬいは花ごろもに飛び込んだ。

「待て」

袖付けのほころびる音がした。安兵衛が袂をつかんだのだった。帳場から女将らしい女が出てきたのも目に入ったが、おぬいは、履物を脱ぎ飛ばして階段を駆け上がった。

部屋は二つあり、どちらも障子が閉められていたが、迷っている暇はなかった。女将にとめられた分だけ遅れたが、安兵衛の足音が追ってくる。

おぬいは、手前の障子を開けた。商家の主人と番頭か、取引の話をしていたらしい四人の男達が、咎めるような目を向けた。

「待て、このばかやろう」

安兵衛の顔が見えた。おぬいは夢中でその部屋へ飛び込んで、二つの部屋の間にある唐紙を開けた。

少し小さい部屋だった。窓が開けられていて、ぬけるように色の白い女がもたれかかっていた。おつただった。花びらが畳の上に散っていて、おつたは、上野の山の桜を眺めながら安兵衛を待っていたにちがいなかった。

「このばかやろう」

自分もそう言って部屋へ飛び込んだつもりだった。おつたの白い肌に迷った安兵衛も安兵衛だが、この女は、女房のおぬいが苦労していたことを知っているのに、いまだに安兵衛にまとわりついているのである。田丸屋の蓄えがなくなったのも、おぬいが、さして会いたくもない男に会わずにいられないのも皆、この女のせいだった。

窓際からひきずり倒し、殴ってやろうと思っていたのだが、殴られて突き倒されたのはおぬいの方だった。一瞬、目の前が白く光って何も見えなくなった。が、その光が消えると、安兵衛がすさまじい形相で見下ろしていた。

「ばかやろう。ぶちこわしにしやがって」

おぬいは、半身を起こして言い返した。

「何がぶちこわしですよ。女房に内緒で、こそこそ花見をしようって方が間違ってるんだ」

「何も知らないくせに。朝帰りをした女が、きいた風な口をきくな」

「そっちこそ、人の気も知らないで何を言うのさ」

また、こぶしを振り上げた安兵衛を、調理場で働いているらしい若い男が羽交い締めにして、廊下へ連れ出した。隣りの部屋の男達は、呆れ返ったような表情を浮かべて立ち上がり、部屋を出て行った。女将が、あわてて四人のあとを追って行く。「申訳ございません。どうぞ、あらためてお越し下さいませ」と言う声が聞えてきた。

「ばかやろう」

羽交い締めにされたままの安兵衛が、幾度も聞かされた言葉を、今度は呟くように言った。

「俺は、おつたと別れようと思っていたんだ」

「何だって」

おつたが立ち上がって、安兵衛の肩に手をかけた。いやがる安兵衛を、自分の方に向かせている。白い顔がなお白くなって、瞼の下が痙攣していた。

「聞き捨てならないことを言うじゃありませんか。わたしにゃ女房と別れたいと言ってなすった筈だよ」

「そんなことを言っていたのは、一昨年か去年のことだ」

「ばかにしないでおくんなさい」

おつたの声が震え、蒼白になっていた頬も額ものども赤く染まった。

「旦那がうちにきなすった時のわたしは、十八ですよ、十八。一緒になってもいいと思った男もいないではなかったけれど、旦那を連れてきた叔母さんが、ひょっとしたら田丸屋のおかみさんになれるって言うから、その気になったんです。その上旦那から女房と別れたいんだと言われりゃ、わたしは旦那に惚(ほ)れられた、わたしが田丸屋のおかみさんになるんだと、そう思うでしょうが」

「すまない。あの頃は、本気でそう思っていたんだ」

「騙(だま)された、わたしゃ」

おつたは、涙のにじんできた目で安兵衛を見据えた。

「騙しはしない」

と、安兵衛は、聞きとりにくいほどの低い声で言った。

「気持が変わったんだ」

「都合のいいことを。おぬいさんを好きになって所帯をもって、飽きたところでわたしを好きになって、お次はわたしに飽いて、おぬいさんのところへ戻る。ずいぶんと気持が変わるんですね、旦那は」

「おぬいのところへ戻るとは、きまっちゃいない」

「どちらにしても、ころころと変わるじゃありませんか。三日見ぬ間の桜ってのは、世の中じゃなくって、旦那の気持のことですよ」

似たようなことを、先刻、おぬいも考えていた。

「どうせ気持が変わるのなら、どうしてわたしが十九か二十の時に変わってくれなかったんです。わたしゃ、もう二十二ですよ。今、旦那に放り出されて、どうすりゃいいんです」

「すまない」

と言ったのだろう。安兵衛の声は、ほとんど聞えなかった。

「ずいぶん前から、きちんとけりをつけようとは思っていたんだ。が、お前のうちへ行ってお前にまといつかれると、下谷を出る時には確かにあった気持が消えてしまう。それで、花ごろもへ行こうと誘ったんだよ。お前はここの料理を食べたがっていた。食べたがっていた料理が出てくれれば、その間はわたしにまといつくことはないだろうからね」

手拭いをとってくれとか、楊枝はどこにあるかとか、無愛想にではあるが少しずつ話しかけるようになっていた安兵衛を、おぬいはあらためて思い出した。が、手拭いをとってくれと言われても、おぬいが「手を洗うなら湯を沸かしましょうか」などという言葉を返すことはなかった。返していれば、一言ずつの話が翌日は二言ずつになったかもしれず、花ごろもの客を呆れさせるほどの夫婦喧嘩を演じることはなかったにちがいなかった。

恥ずかしさに躯が熱くなり、熱くなった背をつめたい汗が流れていって、おぬいは、袂で顔をおおった。

うちの人も、わたしとの苦労を忘れていなかったのだと思ったが、そっと袂を顔からはずすと、安兵衛のひややかな視線が待っていた。

「帰る」

わたしも――と、思わず言った。視線よりもひややかな言葉が返ってきた。

「田丸屋は、俺の店だ。追い出した男と朝まで一緒にいるような女の店じゃない」

「お前さんだって、おつたと……」

「別れた。お前に両手をついてあやまって、家財道具の一切合財を売り払って、おつたに手切れの金を渡すつもりだったが、もうあやまらないよ。こっちが一所懸命話しかけているのに、お前はろくに返事もしてくれなかった。礼次郎でも何でも、好きな男と所帯をもてばいい」

先に自分がおつたに血道をあげておいて、勝手なことを言うと思ったが、声にはならなかった。安兵衛をなじれば、一度は自分に戻ってきて今またねじり曲がった安兵衛の気持が、なお曲がってしまいそうだった。

安兵衛は、黙って階段を降りて行った。おぬいが捨てられたのなら、自分が女房となってもよい筈だと考えたのかもしれない。「旦那――」と鼻にかかった声で安兵衛を呼んで、おつたがあとを追って行った。

安兵衛の返事はない。そのかわりに、花ごろもの女将に詫びているらしい声が聞えてきた。

「いいえ、そんなお気遣いをなさらずに。でも、今度はどうぞ、おかみさんとおみえ下さいますよう」

その返事もなかった。「お前の店がどんなお店か、見せておくんなすってもいいじゃありませんか」というおつたの声がしたが、安兵衛がうなずいたのかどうかはわからなかった。

花ごろもの女将が「夫婦喧嘩の仲裁」に呼んでくれたのは、森口慶次郎という男だった。もと定町廻り同心で、その頃は仏の慶次郎と呼ばれていたとか、仲裁にはうってつけの人物ということだった。おそらく女将が思いをかけている人なのだろう。四十がらみの男と思ったが、年齢のせいか疲れると、大仰な口ぶりで繰返している。ことによると、もっと上なのかもしれなかった。

慶次郎は、おぬいの長い話を、時折相槌を打ちながら聞いてくれた。そこはお前がわるいなどと言って、話の腰を折るようなことはなかった。

話を終えると、口の中ものどもかわききっていた。おぬいは、手をつけていなかった茶に手をのばした。茶はぬるくなっていたが、それでも、口中とのどをうるおして、ゆっくりと胃の腑へ落ちてゆくのがわかった。

慶次郎は、おぬいの気持をわかってくれたようだった。おぬいは、慶次郎が花ごろもの女将を呼んで、「安兵衛を連れてこい」と言ってくれるものと思った。

もと定町廻り同心の呼び出しである。安兵衛は、緊張して出かけてくるにちがいなかった。緊張して出かけてきて、小柄な軀をなお小さくちぢめて慶次郎の前に坐って、男の身勝手を叱られるだろう。礼次郎と会っていたのを、やむをえないこととして許してもらえるとまでは思わないが、それはおぬいも安兵衛に詫びればいい。

先刻よりもさらにほっとして、おぬいは、ちょうど部屋に入ってきた花ごろもの女中に、茶をもう一杯と頼もうとした。

「お前があやまった方がいいな」

「え？」

女中は、慶次郎とおぬいの前にあった空の茶碗を下げて行った。

「田丸屋へ帰りてえんだろう？　亭主がわるいの、向うがあやまらなければいやだのと言っていないで、お前があやまっちまいな」

「わたしが、ですか」

「不服かえ」

「いえ」

お互いにあやまらなければ、もとの鞘にはおさまれない。それはわかっているのだが、おぬいの方から「わたしがわるかった」と言うのは抵抗がある。まして、家の中へ入れてくれと頼むのは、どう考えても安兵衛の方である筈だった。

「ま、お前はそう思うだろうけどな。が、店へ帰ったのは、安兵衛の方だ。おったを見たお前が、頭へ血をのぼらせずに店へ帰っていりゃよかったのさ。そうすりゃあ、おったとここで会った安兵衛が、頼むからうちへ入れてくれ、おったとはたった今別れてきたと戸を叩く破目になった」

慶次郎は、そう言って笑った。笑うところではないと、笑いつづけている慶次郎に言ってやりたかった。が、夫婦喧嘩にどちらがわるいもない、策略に劣る方が詫びることになると言っている慶次郎を見ているうちに、おぬいも笑いたくなってきた。

さんざんおったに入れあげていたことを棚に上げて、礼次郎と朝まで会っていた女など家に入れぬと言う安兵衛も、駄々っ子のようなものではないか。ここではおぬいが一歩退いて、あとでぐうの音も出ぬほど、おつたとの旧悪を責め立ててやればよいのかもしれない。

女将が、熱い茶をいれて持ってきてくれた。熱い茶が好きなのか、慶次郎は、満足そうにすすっている。

ふっと、ぬるい茶を出した女将に、慶次郎が「こんなもの飲めるか」と言っている光景が脳裡（のうり）をよぎった。「まあ、すみませんでした」と女将は穏やかに笑って、湯を沸かしに行ったことだろう。年齢（とし）のせいか疲れると繰返し訴えていることといい、駄々っ子と思わせるのは男の策略なのかもしれなかった。

ま、それでもいいか。

おぬいは、自分の前に置かれた茶碗を手に持った。安兵衛ともと通りに暮らせるのなら、二、三度頭を下げるくらい、我慢できるではないか。

「さて」

と、慶次郎が言って腰を上げた。女将と帳場に降りて行くものと思い、おぬいは、これから田丸屋へ帰って自分がしなければならないことを想像して憂鬱（ゆううつ）な気持になった。

「どうした。あやまるのがいやになったのか」

顔を上げると慶次郎が笑っていた。

「断っておくが、田丸屋まで行って、茶の間に上げてもらうところまでは一緒にいてもいいが、一緒にあやまってくれってのは、ごめんだぜ」

「いえ、そんな、もったいない。今は手をついてあやまっても、あとで亭主の首ねっこを押えてやりますから」

「ほどほどにしておきなよ。話を聞いていると、ご亭主は、思いのほか女に好かれる人かもしれねえぜ」

もと定町廻りの言う通りだった。その証拠に、自分が思っていた以上に、自分は安兵衛に惚れている。

ふいに階下が騒がしくなった。階段を駆け上がってきた女中が、「旦那、大変です」と早口に言う。

「佐七さんが、怪我をしなすったそうです。今、美濃屋さんから知らせがきました」

「何だと」

慶次郎は、顔色を変えて階下へ降りて行った。女将もおぬいに軽く頭を下げて、階段を駆け降りて行く。慶次郎とよほど親しい間柄の男が怪我をしたのかもしれず、おぬいも女将のあとにつづいた。

　知らせにきたのは美濃屋の女中と見える女で、走りつづけてきたのだろう、肩で息をしていて、花ごろもの女中から水をもらって飲んでいるところだった。

「旦那、大変」

「です」という言葉を飲み込んで、美濃屋の女中はその先を急いだ。

「垣根にのって桜の枝を切ろうとしなすって、多分よろけなすったんでしょう、垣根から落っこちて、斧(おの)が足の上に落っこちてきたんです」

「斧が落ちただと。怪我は、怪我はどうだ」

「幸い、うちの旦那がまだいなさいました。旦那の話では、斧は佐七さんの足をかすって落ちたようで、深い傷ではないとのことでした」

「助かった」

　慶次郎は、それとはっきりわかるほど軀の力を抜いて、女将をふりかえった。これ以上ゆるむまいと思えるくらいに口許(くちもと)がゆるんでいる。女将は、袖口(そでぐち)で目許を押えた。帳場から出てきた女中達にも調理場から出てきた男達にも、階段の下に立っていたおぬいにまで嬉(うれ)しそうな笑顔を見せた慶次郎と、安兵衛が重なった。ふと、調理場へ飛び込んで行って、庖丁(ほうちょう)を足の上へ落としてみようかと思った。おぬいが怪我をしたら、安兵衛は何と言うだろう。

「ごめんよ、礼があとまわしになっちまった」

慶次郎が真顔に戻った。

「有難うよ。美濃屋さんには、すっかり迷惑をかけちまった。旦那やおかみさんには、あとでご挨拶に行くよ」

「いえ、ほんとうにご心配なくとのことでした。小僧が一人、旦那についてきておりましたので、玄庵先生のところにそろそろ着く頃でございます。その帰りに、山口屋さんへも寄ることになっていますから、大丈夫です」

「当分、美濃屋さんに頭が上がらなくなった」

真顔が苦い笑いを浮かべた顔になった。

「それにしても、人のうちの桜を切るとは、呆れた爺さんだ」

が、その呆れた爺さんの怪我がたいしたことはないと知って、慶次郎は口許をゆるませ、花ごろもの女将は涙をにじませているのである。

「花ごろもへ出かける俺が気にくわず、むしゃくしゃしているようだったから、将棋の駒くれえ捨てられてもしょうがねえと思っていたのだが」

慶次郎は、首筋を手でこすりながら、遠慮がちに言葉をつづけた。

「俺がこんなことを言うのも何だが――。その、花びらを散らす桜に八つ当りをしようと思ったものの、佐七の奴、斧を振りあげたところで桜が可哀そうになっちまったんだと思うよ。だから、垣根から転げ落ちて、手前が怪我をしちまったのさ。そうとしか考えられねえんだよ」

そうですよねと、しばらくたってから美濃屋の女中が答えたが、その前におぬいがそう返事をしてやりたかった。

「勘弁してやってくんなよ。お前が、せっかく掃除にきてくれたのにさ」

慶次郎は深々と頭を下げた。板の間に腰をおろしていた美濃屋の女中の方が狼狽して立ち上がり、助けを求めるように花ごろもの女将を見た。

「三日見ぬ間の桜というけれど、短い間にいろいろなことが起こるものですねえ」

と、女将が言う。

ほんとうにその通りだと、おぬいは思った。一昨日の夜、新和泉町へ出かけて行く安兵衛の背をひややかに見て、昨日の夜は礼次郎と会ってその鬱憤を晴らしていたおぬいが、今は安兵衛に両手をついて詫びようと思っているのである。

「旦那は、おかよさんと根岸へお帰りなさいまし」

と、花ごろもの女将が言っている。

「おぬいさんとは、私がまいります。安兵衛さんがおぬいさんと私を追い出すようでしたら、大事なお客様が席を立ってしまわれたお代金を、安兵衛さんからいただくことにいたします」

冗談のようでもあり、本気のようでもあった。おぬいがわざと庖丁を足へ落としたならば、花ごろもの女将は、役に立たなくなった庖丁の代金と、血で汚された調理場の掃除代を、安兵衛に払ってくれと言うかもしれなかった。長い間苦楽をともにしてきた安兵衛は、誰が払うものかと言いながら、天井から下げた銭のざるに手を入れてくれると思うのだが。

嘘（うそ）

板葺の廂を叩く雨の音が大きくなった。

奈良茶飯で有名な川崎の万年屋は、先を急ぐ旅人を考えてのことだろう、土間から板の間へ草鞋のまま上がれるようになっていて、入れ込みの広い座敷の端に腰をおろした男達が、板の間へ草鞋の足をのばして茶飯をかっ込んでいたりする。

その男達が悲鳴をあげて立ち上がった。突風が、大粒の雨を店の中へ吹き込んだのだ。

絣の前掛をかけた女中が、大声で若い衆を呼んだ。出入口の戸を立ててくれと言っているらしい。が、竈の前にいた若い衆が駆けつける前に稲妻が光り、間髪を入れず雷鳴が轟いた。先刻、どこから噴き出してきたのか、黒い雲が昨日から空をおおっていた雲の下へするすると流れてきて、地面にくっついてしまいそうなほど重たげなかたまりとなった。それに、雷神が乗っていたのかもしれない。五月雨は、時としてこういう暴れ方をする。

おはまは、煮豆を食べていた箸を置いた。

大師詣でをすませてきたのだろう、女の客もいないではないのだが、供を連れているか、近所どうしが誘い合わせてきたらしい大勢のなかに混じっているかで、一人で奈良茶を食べている者はいない。先刻までは、上がり口の男達がちらちらと興味ありげな視線を送ってきていたのだが、今の雷鳴で皆、半分ほど戸が立てられた出入口を向いている。

おそらく考えていることも同じだろう。この降りと雷では、六郷の渡しへ行っても舟は出まい。さて、どうするか。

さて、どうするかと、おはまも出入口を見ながら呟いた。

光が痙攣したような稲妻が、日暮れのように暗い街道を不気味に明るくして、雷が鳴る。出入口から目をそらすと、ご近所どうしの中にいたおはまと同じ年頃の女が、耳と目をおおって俯くのが見えた。

激しい雨の音が残って、また稲妻が光る。雷鳴に首をすくめながら若い衆が出入口の戸をすべて立て、まだ昼の八つにならぬというのに女中が行燈をはこんできた。

「ま、いらっしゃいませ。大変な降りでしたろう」

この豪雨の中を、万年屋めざして駆けてきた酔狂な客がいるらしい。女中の声は途中から雷鳴に消され、おはまも思わず両手で耳と目を押えたが、頭から合羽をかぶっていようと、蚊帳にくるまっていようと、雷神は落ちたいと思えば落ちてくる。それに、酔狂な客の顔を見たくもあった。

が、顔をおおっている手をはずし、もしかすると自分を見ているかもしれない男達に、雷もこわがらなくなった年増女と思われるのはいやだった。おはまは、人差指と中指の間を少し開けて土間の方を見た。

笠からも合羽からも雫をしたたらせている男が、くぐり戸の前に立っていた。背丈は五尺六、七寸といったところか、笠をとった顔は、二十六になるおはまより少し若そうだった。

「渡し場に人のいるのが見えたものだから」

と、男は、笠をかぶっていても雨に濡れたらしい顔を手拭いで乱暴に拭いた。舟がまだ出ているものと思って走って行ったのだが、人影は、舟を出してくれ、いや出せぬと押問答をしている旅人二人と船頭だったという。

「この雨で、どうやって漕げというのだと、船頭が怒って帰っちまってね。とたんに雷が鳴り出して、こいつは剣呑と河原からにげてきたというわけさ」

何の商売をしている男だろうと、おはまは思った。顔つきを見ると大店の手代あたりではないかと思うのだが、喋り方は職人風である。知り合いとなった男達から商売を当ててみろと言われて、大きくはずしたことはないのだが、この男ばかりはよくわからない。視線に気づいたのか、男がおはまを見た。年下であっても二十は過ぎているだろうに、「可愛い」と呟きそうになった。

店は、外へ出るに出られない人で混雑している。女中に合羽を渡した男も、自分の居場所を探すように入れ込みの座敷を見廻した。

おはまは、自分の横に置かれていた行燈を、草鞋の足を板の間へ投げ出している男達の方へそっと押した。濡れ鼠だった男が、それに気づいて笑った。いっそう可愛らしい顔になった。

「すまねえね」

男は、濡れた草鞋を板の間の隅に置いて上がってきた。

「五月もなかば過ぎだというのに、変に冷えてきやがったぜ」

そういえば、梅雨寒という言葉もあった。が、男にとって、五月なかばの冷えは酒を飲む口実だったのかもしれない。見つくろいの肴と二合――と言いかけたのを、人差指を突き出して、「これでいいや」と言う。おはまは、声をあげて笑った。

板の間へ足を投げ出していた男達が、いっせいにふりかえった。その視線にも、さほどたじろぐようすがないところを見ると、男はやはり、大店に奉公している、おはまに言わせれば商売のことしか頭にない世間知らずではないようだった。

「わたしも飲もうっと」

「よせやい」

男が、可愛い顔で笑った。

「川崎に泊る気かえ」

「しょうがないだろう、舟が出ないんだもの」

「雷が鳴っていらあな。夕立のはしりかもしれねえ。夕立ならすぐにやむ」

「でも、一昨日(おととい)の夕方から降っていたじゃないか。その上にこの雨じゃ、六郷川の水嵩(みずかさ)も、そうすぐにはひかないよ」

「五月雨をあつめて早し最上川か」

おはまは男を見た。驚いた顔はしなかったつもりだが、男は鼻白んだように横を向いた。

「俺だって、芭蕉(ばしよう)くらい知ってらあな」

「そりゃお前は知っているだろうけれど、わたしは、お前が何を言ったのかわからなくって」

「嘘(うそ)をつけ」

酒と肴がはこばれてきた。鯵のたたきにいんげんの煮物が盆の上にのっていた。たたき方が荒く、薄く残っている鯵の皮が小鉢の中で光っているが、それがかえって嚙みごたえがあると思わせて、うまそうだった。

「お、今年になって、鯵ははじめてだ」

男は、女中にもう一つ猪口を持ってきてくれと頼んだ。

「おや、ご馳走してくれるのかえ」

「旅は道連れというからな。ま、六郷川さえ渡ってしまえば、江戸に着いたようなものだが」

女中から猪口を受けとって、おはまは、男の酌をうけた。

「わたしゃ、はまってえんだけど」

「俺あ、弥五だ」

「弥五郎さん？」

男は、わずかの間、口ごもった。

「いや、弥五ってんだ」

おはまは、男に聞えぬように舌打ちをした。おはまの知っているかぎりでは、伊三だの卯四だのと、伊三郎とか卯四吉とかいう名前の一部を失ってしまった男達に、ろくな者はいなかった。

「上方からお戻りかえ」

「いや」

弥五という男は、手酌の酒を口許へはこびながらかぶりを振った。

「川崎へきた」

「こんな雨の中を？」

「親方の言いつけじゃしょうがねえだろう。もっとも、昨日のうちにきていたけどね」

「何をしに？」

「お前こそ、女の一人旅でどこへ行ってきたのだえ」

「おあいにく。これから江戸へ行くんです。小田原で小さな料理屋をやっていたのだけれど、庖丁を握っていた亭主に死なれちまってね。ろくな板前は見つからないわ客はこなくなるわで店仕舞いをして、江戸にいるいとこを頼って行くことにしたってわけですよ」

小田原にいたことだけをのぞいて、すべて嘘だった。遠い親戚は江戸のどこかにいるかもしれないが、兄弟もいとこも、日本中のどこを探してもいはしない。

「で、お前は川崎へ何をしにきたのだえ」

「内緒」

と、あっさり弥五は答えた。

「親方から頼まれた仕事を、そうあっさり人に言えるかってんだ」

「あら、そう」

おはまは、機嫌をそこねたふりをして横を向いた。が、うぶな若旦那(わかだんな)のような顔をした男は、まるで動じずに女中を呼び、茶飯を頼んでいる。うまい肴があるのに、そして飲めぬ性質(たち)ではなさそうなのに、酒は一合でお終(しま)いにするつもりらしかった。

雷は遠くなったが、雨の音の激しさは変わらない。弥五は今日のうちに帰る気のようだが、おそらく舟は出ないだろう。

おはまは、ちらと弥五を見た。あぐらをかいてはいるが、たたきの小鉢を持っている姿が、会席料理でも食べているように品がよい。

くっついて行ってみようと思った。いずれ今夜は川崎泊りだ。同じ旅籠(はたご)に泊って、ぐっすり眠りたいという口実で酒を頼んで、さしつさされつしているうちには、おはまの思い通りになる。

この男がとんだ食わせ者だったら、大笑いだけどね。

ま、いいか。茶飯の盆を受けとるしぐさだって、あんなに可愛いもの。

気のせいか、風の音が強くなった。

同じ旅籠に泊ったが、弥五という男は、おはまに触れるどころか、そばに寄ろうともしなかった。

そればかりではない。高輪(たかなわ)へ近づいたなら精いっぱい不安そうな顔をして、「いとこが住んでいる町まで連れて行っておくれよ」と頼むつもりだったのに、高輪の手前も手前、南品川宿から目黒川を渡って北品川宿に入ったところで、「それじゃあ、な」と横道にそれて行った。「待っておくれ」とわめきながらあとを追ったが、すれちがう人達から奇異の目を向けられただけだった。

朝のうちこそ昨日の雲が残っていたが、舟が出るという知らせがあった四つ頃にはあの豪雨が嘘だったように青空がのぞき、品川宿へ入った時には、夏のような陽射(ひざ)しが照りつけていた。弥五は、その陽射しがまぶしい横町で、姿を消してしまったのである。

「ちぇっ、薄情者」

昨夜の酒の代金は、おはまが払った。確かに弥五は飲みたくないと言っていたし、酒もあまり上等ではなかった。が、おはまに背を向けて眠ってしまったことは許すとしても、「ご馳走様。お礼に、いとこってえ人のいるところまで送って行くぜ」くらいのことを言うのが礼儀ではないか。

今思えば、横町を曲がったところに天神社があり、弥五は、その境内に飛び込んだにちがいない。おはまは、弥五がどこかの路地に身をひそめたものと思い、天神社とは反対側の正徳寺門前で、幾つもある路地をのぞき込んでいた。その間に天神社の境内を出て東海道に戻るなど、たやすいことだっただろう。

歩行新宿二丁目まで、足をひきずるように歩いてきたおはまは、街道の両側にならんでいる水茶屋の、「お団子もございまあす」の声にひきずられて、緋毛氈を敷いた床几に腰をおろした。舟の出るのが遅かったので、そろそろ正午になる筈だった。

空腹を団子でごまかしながら、おはまは、帯の上から財布を押えた。もくろみでは、このあたりで弥五に蕎麦を食べさせてもらう筈だった。旅籠代と昨夜の酒代を払った財布の中には、百数十文の銭しか入っていない。団子のおかわりを頼めない金額ではないが、小田原で暮らしていたのは、二年ほどだった。江戸で暮らしていた時の知り合いは、おはまの顔を忘れていないだろうし、出会ってしまった時に多少揉め事が起こるであろうことは覚悟しておかなければならない。それゆえ弥五を頼りにしたかったのだが、逃げられてしまった。これから何があるかわからない。しばらくの間は、財布の紐をかたく締めておいた方がよいだろう。

おはまは、水茶屋の女に四杯めの茶を頼んだ。女は、さすがにいやな顔をした。無視するつもりだったが、おはまはあわてて「いらない」と断って、帯の間から財布を出した。隣りの旅籠から、見覚えのある男が出てきたのだった。

藤沢宿でのことだった。大山詣りの講中が街道の真中で言い争っていたが、自分の意見が通らなかったらしい一人が、杖を放り出して離れて行った。男ばかり七、八人の講中で、精進落としなどという言葉も聞えていたので、飯盛のいる旅籠に泊るか泊らぬかで意見がわかれたのだろう。

離れて行った男を呆れ顔で見送っていた六、七人の男達には、その後、出会わなかった。女房や子供や商売のことが気がかりで、ひたすら帰り道を急いでいたのかもしれない。

そのかわり、杖を捨てた男に神奈川宿で会った。飯盛女の美しさでは東海道でも一、二を争うと、評判の宿場だった。それから川崎まで、あとになり先になりして歩いていたのだが、万年屋では見かけなかったし、六郷の渡し場にもいなかった。おそらく、昼飯を食べずに舟に乗り、昨日のうちに品川へ到着していたのだろう。今まで、三度めの精進落としをしていたにちがいない。

男は、おはまをちらと見て通り過ぎた。神奈川から川崎まで、おはまと、あとになり先になりして歩いていたことには気づいているらしい顔つきだった。

おはまは男のあとを追った。父親は、たくさんの家作を持っている男か金貸しか。いずれにせよ金に不自由のない家のぐうたら息子で、父親が口うるさいため思うように遊べなかった――のだと思う。おはまの推測が当っていれば、大山詣りは存分に羽をのばすまたとない機会だった筈だ。

「若旦那」

「おう」

足音を聞いていたのだろう。男は、怪訝な顔もせずにふりかえった。

「素通りとは、あんまりじゃありませんか」

「川崎まで、わたしが声をかけようとすると横を向いたのは、お前さんの方だよ」

「嘘ばっかり」

嘘ではなかった。あの時は、こんな男につきまとわれたくなくて、急ぎ足になったり草鞋の紐を結びなおすふりをしたりして、男に声をかけられぬよう苦労していたのだ。

「何が嘘なものか」

「だって、そんなこと、した覚えがありませんもの。ひさしぶりの江戸で、右も左もわからなくなっているにちがいないから、道連れが欲しくって仕方がなかったんです」

「ま、いいや」

男は、無遠慮な目でおはまの頭から爪先までを眺めた。

「で、どこへ行こうというのだえ」

おはまの頭の中を、江戸の地名が駆けめぐった。二年前まで住んでいたのは、麴町というところだった。麴町から遠いのは、ええと――。

「浅草なんですけれども」

「へええ」

と、男が言った。

「わたしも浅草へ帰るんだよ。茅町で料理屋をやっているんだ」

へええと、おはまは胸のうちで言った。ぐうたら息子ではなかったのか。

「もっとも、わたしは庖丁が握れないし、帳面とにらめっこをするのも得意じゃないから、人まかせにしているけれども」

やっぱりね。

「いいご身分ですねえ。おかみさんがしっかりなすってるんですね、きっと」

「いや、独り身だよ」

結構。独り身でないと、話にならない。

「親が柳橋で船宿をやっていてね。が、親父が商売を覚える先に遊びを覚えるなどとんでもないと口癖のように言って、うるさくってしょうがないから、船宿は兄貴にまかせることにして、小さな料理屋を出したのさ。これで羽をのばせると思ったのが大はずれで、頑固な板前と口やかましい女中をつけられちまって」

おはまの見立ては、それほど間違っていなかった。

「で、浅草のどこへ、何をしに行くのだえ」

おはまは、亭主に死なれていとこを頼ってきたのだと言った。

「三間町というところにいる筈なんですけれども。何せもう、十年も前のことなので」

「ふうん」

男は、もう一度無遠慮におはまを見た。

「道連れになったのも何かの縁だ。一緒に探してやるよ」

「有難うございます」

が、三間町など行ったこともない。浅草寺からさほど離れてはいないだろうと思うが、仏具屋の多いところなのか、小料理屋や水茶屋がならんでいるところなのか、まるで見当がつかない。いとこはおろか、知り合いすら住んでいないのである。

男が高輪で仕立ててくれた駕籠を降りた時、おはまは、思わずあたりを見廻した。不安そうな顔をしていると、自分にもよくわかった。つい先日まで小田原で暮らしていたし、板橋に住んでいたこともあるが、おはまは、江戸に生れて江戸で育った女だった。それに、江戸へは自分の意志で戻ってきた。なのに、駕籠から降りて三間町の四つ辻に立った時、はるばると遠いところへきてしまったような心細さに襲われたのだった。

「いとこさんの名前は？」

と、男が尋ねている。

「定吉」

たった今、頭に浮かんだ名前を口にした。

「商売は」

「わたしが亭主を追いかけて行った時は、左官をしていたのだけど」

どこまで信じてくれているのか、男は、すぐ目の前にある蕎麦屋へ入って行った。

定吉などという左官はいないと言われて、十年前を思い出してくれと粘っているのかもしれず、或いは偶然に定吉という職人がいて、瓦師ではないかなどと聞き返されているのかもしれない。思いのほかに長く蕎麦屋にいた男は、かぶりを振りながら外へ出てきた。

「定吉という人は、ついこの間までいなさったそうだけどね」

「どこかへ行っちまったんですか」

「いや、亡くなったそうだよ」

何と答えればよいのかわからなかった。

「でも、六十近かったそうだから。いとこさんじゃないだろう?」

「ええ」

「だが、定吉というお人は、十年前も二十年前も、そのお人しか三間町にはいないそうだよ」

「そんな。何かの間違いです、きっと」

言い慣れた言葉なのに、妙にそらぞらしいような気がした。

「でも、三十年前までなら町内のことは何でも知っているというお年寄りが、わざわざ二階から降りてきてくれなすったんだよ」

そんな、まさか。これまで一度だって、そんな人があらわれたことはなかったのに。

「どうしよう、わたし」

　ほんとうにどうしよう。いとこはどこへ引っ越してしまったのだろうという、いつものせりふがのどにつかえて、おはまは、道端に立ちつくした。

　男がおはまを見ていた。芝居はいい加減にしろと言われるのを覚悟したが、男は馴れ馴れしく肩に手をおいて、「そんなにがっかりすることはないよ」と言った。

「町の名を間違えて覚えていたのだろうよ、多分。が、大丈夫だよ。確かに江戸は広いが、果てしがないわけじゃない」

「だって」

　言葉がのどにつかえてうろたえたのを、男は、いとこの家を探し当てられず、途方に暮れたのだと解釈したらしい。「落着きな」と言って、おはまの肩を軽く叩いた。

「兄さん――いとこのことですけれど、兄さんが見つからなくては、わたしゃ泊るところもない」

「それも大丈夫だよ。うちに泊って、探しゃいい」

　麴町で足かけ四年暮らすきっかけをつくってくれた茂兵衛という男が言ったのと、まったく同じ言葉だった。

「むりにとは言わないが、いとこさんが住んでいると言いなすった町の名を、うちでゆっくり思い出してみなすったらどうだえ。落着けば、きっと、いとこさんが教えてくれなすった町の名を思い出せるさ」

と、京橋のたもとで茂兵衛は言った。あの時は南紺屋町にいとこがいると言って、茂兵衛についてきてもらったのだった。

天涯孤独と承知の上でついた嘘だが、暮れてきた京橋界隈のあわただしさが妙に淋しく、横丁の仕舞屋から洩れている明かりが自分には縁のないもののように思えて、泣き出してしまったのを覚えている。当時のおはまは板橋の旅籠で働いていて、茂兵衛とは蕎麦屋で会った。江戸のいとこを頼って行きたいと言うと、茂兵衛は、詳しいことも聞かずに南紺屋町まで連れて行くことを承知してくれたのだった。

麴町二丁目の裏通りで、小さな絵草紙屋をいとなんでいる男だった。三十を過ぎているだろうが独り者とにらんだ通り、女房を亡くして三年がたつと言っていた。口を濁していたが、女房は囲われ者であったようで、主人と縁を切る時に、絵草紙屋を出してもらったらしい。その後に茂兵衛が女と出会い、所帯を持ったというわけだった。

板橋宿で蕎麦をすすっていたのは、女房の生れ故郷である高崎へ行った帰り道であったという。

が、茂兵衛のあとについて行って、三月もたたぬうちに茂兵衛の後添いになり、一年ほど暮らしたところでおはまは呆然とした。少々頼りないが人のよい茂兵衛とのんびり暮らすつもりが、借用証文の束を見せられたのである。女房が他界したあと、絵草紙屋の客は極端に少なくなっていたようで、茂兵衛は、高利の金にまで手を出していたのだった。

夫婦となってから、茂兵衛は地本問屋のつてを頼って貸本屋となった。店にはおはまが坐ることになったが、二人で懸命に働いても、借金は減らなかった。利息の返済で精いっぱいだった。

それでも、一年あまり辛抱した。辛抱したが、朝、茂兵衛を送り出して、昼はたまにくる客に愛想をふりまいて、夜は借金の言訳をする暮らしは、それが限界だった。

そんな時に、しばしば女絵を買いにくる板前修業中の男が、小田原の料理屋で働かぬかという話があると言い出した。しかも、どうしようかと考えているのだと探るような目でおはまを見た。一緒に行ってくれという意味としか思えなかった。

ちょいと遠いけど、いったん小田原へ逃げて、また江戸へ戻ってくりゃあいい。

おはまは、茂兵衛の友人をたずねて行っては、金を貸してくれと頼んだ。茂兵衛の人のよさを知っている友人達は、返済してもらえるかどうか心配しながらも、懸命にためたにちがいない金の中から、一分くらいずつ貸してくれた。その金が五両をこえたところで、おはまは板前修業中の男を誘って小田原へ逃げた。

それから二年。もう少し小田原にいるつもりだったが、男の腕がわる過ぎた。たちまち料理屋から暇を出されたのである。

男は姿を消した。料理屋の女将の話では、江戸でなら通用する腕だと啖呵をきって飛び出して行ったという。おはまも江戸へ帰りたかったが、茂兵衛の友人達から金を騙しとったことが気になった。おはまは、帰りたい気持を抑えて平旅籠の女中となった。

板橋宿にいた時と同じだった。板橋宿へ逃げたのは十九の時で、あの時は、惚れていた亭主に話した身の上話が嘘とわかってしまい、自棄になって逃げ出したのだった。今になればなぜ、女房になりたい一心でついた嘘だと両手をついて詫びなかったのかと思う。それでも亭主の太吉は、たちのわるい嘘だと怒りつづけたかもしれない。怒りつづけたなら、おはまは、あやまりつづけるべきだった。おはまは、それまでおはまの顔を見たこともなかったにちがいない太吉をたずねて行き、自分は太吉の幼馴染みの妹で、兄は、たった一人の身内であるおはまに、太吉を頼れと言って息をひきとったと言ったのである。

が、太吉の幼馴染みは、おはまの兄ではなく、客だった。その男が、なぜおはまに太吉について話すようになったのか、まるで覚えていないが、ことによると、その男も大工だったのかもしれない。男は、仲間に女遊びもせず腕も確かという奴(やつ)がいると言って笑った。そしてその話を幾度か聞いているうちに、所帯をもつなら太吉と思うようになり、仕事場へ向かう太吉の姿を物陰から眺めて、なおその思いを強くした。恋(こ)い焦(こ)がれたと言ってもいい。

嘘をついて近づいたのだが、おはまは、その嘘を嘘だと思ったことはなかった。やさしい兄がいて、兄が一人残されるおはまを心配しながらあの世へ旅立ったような錯覚を起こしていた。太吉から一緒になろうと言われた時の嬉(うれ)しさは、おそらく誰にもわからないだろう。おはまは太吉に心底から惚れていたし、太吉は、『おはまの兄の遺言』を信じてくれたのである。おはまには、亭主と『兄』という身内が、一度に二人もできたのだ。

幸せだった。所帯を持った当時、太吉は一人立ちしたばかりだったが、幼馴染みから聞いていた通り腕前は上々のようで、火事にあった料理屋の建て直しを請け負ったこともある。身の上話が嘘とわからなかったならば、おはまは今頃、子供という身内をふやしていたのではないか。
が、嘘がわかってしまった時、おはまは泣いて詫びるかわりに、家にあった金を残らず持って逃げた。詫びれば太吉に、嘘ではない身の上を話さなければならない。話してしまえば、太吉は無論のこと、『やさしい兄』もいなくなる。

おはまは、両親の顔をよく覚えていない。覚えているのは姉や妹が四人もいて、裏長屋の狭い部屋に、姉の頭の方へおはまが足をのばし、おはまの頭の方へ妹が足をのばすというようにして寝ていたことだ。すぐに姉が養女に出されたが、おはまも五つの時に水茶屋の女にもらわれた。しばらくの間は行儀作法と文字を教えられたが、十四の春から養母にかわって店に出ることになった。

客の一人に出合茶屋へ連れて行かれたのは、その年の秋だった。自分もそうだったと養母は言ったが、だからといって自分が養母の言いつけに唯々諾々と従うことはないと、おはまは思っていた。逃げ出す機会を探していたのである。

太吉の幼馴染みだという客に出会ったのは、翌る年のことだった。幼馴染みには女房がいて、仕事帰りに茶屋へ寄って、茶を一、二杯飲んでさっと帰って行くよい客であった。そんな男が太吉を女遊びもしない奴、腕のよい奴と褒めたのである。江戸にもいい男がいたのかと、幼馴染みに教えられた家のあたりで、太吉の帰りを待つようになったのは、当り前だと思う。

そして所帯をもって、身の上話が嘘と知られて板橋宿へ逃げた。養母はおはまが太吉と所帯をもったあとも、時折小遣いをもらいにきていたが、自分を探すわけはないと思っていた。人を探すには金がかかる。養母は、そんなことに金を遣うより、おはまの両親を脅した方が早いと考えるだろう。事実、風の便りに、両親は自分達の手許に残しておくつもりだったらしい一番下の妹を、養母に渡したと聞いた。妹はおはまを恨んでいるにちがいないが、仕方がない。おはまは、妹も無事に養母のもとから逃げ出せることを祈ってやった。

養母から逃げ、太吉から逃げたのちに、『やさしい兄』はいなくなった。そのかわり、おはまが頼って行ってもよい『いとこ』が江戸のどこかにいるようになった。茂兵衛にもそう言ったし、先刻まで馴れ馴れしく肩に手をかけていた男、重次郎にも言った。が、『いとこ』もすぐにいなくなるような気がした。とりあえず、茅町で料理屋をやっているという重次郎を頼るほかはないが、所帯をもつようになるまで長居をしたくないのである。

弥五といった男の顔が、脳裡をよぎっていった。二十三か四か、或いは二十五になっているのか。所帯をもった時の太吉が、二十五だった。そういえば、顔立ちといい軀つきといい、ふっと太吉を思い出させるようなところがあった。

「うちに泊って、探しゃいい」という言葉は弥五に言ってもらいたかった。弥五に言ってもらって、「では、一日だけ」などと答えて、おはまは心細げな顔をして、あとについて行く。

何の商売をしている男かわからないが、身なりもよい方ではなかったし、あの雨の中を親方の言いつけで川崎まで出かけてくるのである。仮に職人であったとしても、太吉のように、二十五で料理屋の建て直しを請け負うような腕の持主ではないのだろう。かつてのおはまであれば、二度と貧乏で苦労をしたくないと、見向きもしなかったかもしれない。

貧乏には懲りている。貧乏な親から生れなければ、五つで養女に出されるようなことはなかった。金は、あった方がいい。なければ困るから重次郎のあとについて行くが、彼の金箱に入っているのは、せいぜい十両くらいだろう。

が、その十両で、どれだけの間暮らせるというのだ。たとえ、この重次郎という女好きの男が百両持っていたとして、それをおはまが騙し取ったとしても、いつかはなくなってしまう。

やさしい兄さんがいてくれたら、いや、頼って行けるいとこがいてくれたら、どんなによいか。その兄やいとこの世話で、もう一度太吉のように身持ちのかたい男と所帯がもてたなら、一生、おはまは幸せではないか。いや、夫婦は二世の契り、おはまはあの世へ行っても幸せなのである。

だから、長屋暮らしでも、質屋通いの絶えない暮らしでもいい。身持ちがかたくって、親方の言いつけを守る生真面目な男の女房になって、米を買う百文の銭に苦労しながら仕事に出かける時にはあったかいご飯を食べさせてやって、帰ってきた時には洗濯したての下着を持たせて湯屋へ行かせてやるような、そんな暮らしがしたい。

なぜ、もっと弥五の近くにいなかったのだろう。同じ旅籠の同じ部屋で一夜を過ごしても、おはまの軀に手を触れようともしなかった木石ぶりにはちょっと腹が立つけれど、金を払えばよいのかと言いたげな目を向けてくる男達よりよほどいい。

「うちに泊って、探しゃいい」

そう言われて弥五のあとについて行って、機を見て、いとこの話は嘘であったと打ち明ける。身持ちのかたい真面目な男の女房になれれば、もう『いとこ』は必要ない。

弥五も怒るだろうが、おはまは、両手をついて詫びる。弥五が機嫌をなおしてくれるまで、幾度でも詫びる。機嫌をなおしてくれたならば、それこそ弥五のためにあったかいご飯をつくってやって、うちの中の掃除をして洗濯をして……ばか。どこまでおめでたくできているんだろうね、おはまってえ女は。

「行こうか」

と、重次郎が茅町の方向を指さしていた。口許に薄い笑いが浮かんでいて、いとこなどはじめからいなかったのだろうと言われているような気がした。


翌日は雨だった。が、おはまは、傘を借りて外へ出た。行先のあてはなかった。昨日の重次郎の薄笑いが、癪に障っていただけだった。

あてがないということが、これほど気持を重くするものだとは思わなかった。小田原で旅籠の女中として働いていた時も、決して楽しいことばかりではなく、古参女中のいじわるやら女中部屋にまで入ってくる番頭の執拗な目つきやら、いやなことが多かったくらいだが、それでも、いつかこいつらを置き去りにして江戸へ帰ってやると思うと、泣きながらでも眠れたものだった。

が、江戸へ帰ってきてしまえば、行くあてがない。太吉や茂兵衛や、太吉の幼馴染みだった茶屋の客や金を騙しとった茂兵衛の友人達など、知り合いは何人もいるのに、その人達に似通った姿を見かけた時は、顔を隠すために傘をかたむけねばならないのである。

おはまは、すぼめた傘をうつ雨の音を聞きながら、人けのない両国広小路を歩き、米沢町や横山町の店を表からのぞいて歩きつづけた。吹き降りのこまかい雨が、着替えのない単衣の裾を濡らした。

通塩町から緑橋を渡って通油町側へ出て、川沿いの道を少し歩いて汐見橋を渡り、橘町を通って広小路へ戻る、この道順を二度も歩いて、おはまは帰ることにした。いくら行くあてがないからといって、同じ道を三度歩いてくたびれはてるのもばかばかしかった。

柳橋を渡って、茅町へ戻る。重次郎の店、梅ヶ枝は二丁目の角にあって、板塀をめぐらせている。おはまは、昨日教えられたくぐり戸から中へ入った。

表から入ってきた客への目隠しに建仁寺垣が結われていて、その奥が勝手口になっている。軒下に入って傘を閉じ、雨の雫をきっていると、中から声が聞えてきた。女の声は、重次郎が口うるさいと嘆いていた女中のものだが、男の声にも聞き覚えがあった。おはまは、開け放したままの腰高障子の陰に隠れた。なぜそうしたのか、自分でもよくわからなかった。

「それでは三本、買わせていただきます」

と、男の声が言っている。間違いなかった。弥五の声だった。

「この雨つづきだ、どんな破れ傘でも売れるだろう。高く買っておくれ」

「かなわないなあ、おあささんには。言われなくっても、これが精いっぱいのお値段でさ」

古傘買いだったのかと、おはまは思った。破れて使いものにならなくなった傘を買い集め、骨だけにして傘屋へ売りに行く商売で、女房と子供と、ゆったり暮らせるほどの稼ぎがあるとは思えない。芭蕉の句を知っているのなら、むずかしい文字も書ける筈で、文字が書けるのなら、ほかに商売もある筈だった。

弥五が、代金を払ったようだった。「毎度有難うございます」と言う声が聞え、古傘の触れ合う音がした。弥五が、風呂敷に包んだ傘を背負ったのだろう。

おはまは、軀をかたくして腰高障子に貼りついた。弥五が気づかずに通り過ぎてくれればよいと思う一方で、ふりかえってもらいたいとも思った。弥五のかわりとなる道連れを見つけ、うまくその男にとりいったと思われたくはなかったが、このまま行きずりの者どうしになってしまうのもいやだった。

笠をかぶった弥五があらわれた。もらいものなのか、地味な道中着のようなものを着ていて、傘は持っていなかった。

弥五がおはまを見た。かすかに表情が変わったが、驚いたようには見えなかった。

「ご縁があるのかしら」

と、おはまは懸命に笑った。が、弥五は何も言わずに、くぐり戸へ向かって歩いて行った。

「あ、いけない」

おはまは大声で言った。おあさという女中に聞かせるためのものだったが、そんなに声を張り上げなくてもよかったような気がした。

「わたし、糸を買ってくるのを忘れちまった」

弥五は、もうくぐり戸の外に出ていた。


「邪魔だよ」

と、弥五は、追いかけて行って傘をさしかけようとしたおはまに言った。足首に触れる濡れた裾のつめたさより、気がかりな口調だった。思わず立ちどまったが、弥五のひややかさは、古傘買いという商売を知られてしまったてれかくしかもしれなかった。

だが、追いかけようとすると、ふりかえりもせずに「商売の邪魔だと言ってるんだ」と低く押し殺した声で言う。

「堪忍。でも、弥五さんにもし出会えたら、どうしても言っておきたいことがあってさ」

弥五の足がとまった。

「わたしゃ弥五さんの道連れになって、江戸へ連れてきてもらいたかった」

「よしてくんな。俺は、お前の話につきあっていられるほど暇じゃないんだよ。ご覧の通りの商売だ、一日中歩きまわって破れ傘を山ほど買い集めたって、たいした稼ぎにゃならないんだ」

「そう――」

だから、お前のところへ行きたかったのに。

「うちに泊って、探しゃいい」とお前に言ってもらって、いつのまにか夫婦になっちまって、わたしも縄暖簾かどこかで働いて、ほんの少しお金がたまったら、川崎のお大師様へお礼に行くような、そんな暮らしをしたかったのに。

弥五がふりかえった。弥五の笠を打つ雨の音が聞えたような気がした。

「早く江戸から出て行きな」

「え？」

「もう大分前のことになるが、神田佐久間町の大工の家から、有り金残らずかっさらって逃げた女房の話を聞いたことがある」

顔を見られたわけではない、知らぬふりをしていればよいのだと思ったが、軀が震えてきた。古傘買いが、なぜそんなことを知っているのだろう。七年前は、神田界隈の古傘を買って歩いていて、太吉の噂を聞いたとでもいうのか。

「いい腕の大工だったそうだが、女房に金を持って行かれて、請け負った仕事の材木が思うように揃えられず、せっかくの仕事を人にゆずっちまったそうだ」

「そんな、まさか」

「俺は、品川でその話を思い出したんだよ。太吉の女房となった女は、いい加減な身の上話をこしらえて、太吉のうちに転がり込んだんだってさ。おまけに、名前もおはまといったとか」

「はまなんてえ名前は、どこにでもあるよ」

そう言ったのを後悔するほど、声がかすれていた。

「もう一つ、これも品川で思い出したよ。麴町に茂兵衛という男がいたのだが、この男にくっついてきた女が、茂兵衛の友達から金を騙しとって逃げたという話もある。

茂兵衛は借金だらけで、今は妹にひきとられているけどね。この女の人相が、太吉の女房だった女とよく似てるってえ話だ」

立っていられなくなった。おはまは、雨にゆるんでいる道へ、くずれるように腰をついた。

弥五が近づいてきた。抱き上げてくれるつもりらしかった。放っといてくれと言いたかったが声は出ず、おはまは、弥五の案外に太い腕にかかえられて立ち上がった。

弥五は、おはまをかかえたまま歩き出した。自分が行こうとしていた柳橋とは反対の方向の、天王橋(てんのうばし)へ向かっていた。弥五の家が天王橋の近くにあるのかもしれないと思ったが、弥五は、橋のたもとにある家を指さして言った。

「いいかえ。俺も一緒に行くが、あのうちの人には、お前は俺の知り合いで、ぬかるみで足を滑らせて転んじまったと言うんだぜ」

「誰の……誰のうち?」

「親分の」

おはまは弥五を見た。弥五も、おはまを見つめていた。

「俺あ、下っ引(したっぴき)だ」

「そう。そうだったんだ」

雨が衿首に吹き込んで、おはまは、傘を蹲ったところに置き忘れてきたことに気づいた。

「今のうちに言っとくけど」

どうしてこんなに声が出ないのだろう。これじゃ、弥五の笠を打っている雨の音より小さいじゃないか。大事なことを言おうとしているのに。

「わたしゃ、お前さんを騙すつもりはなかったんだよ」

「わかってるよ」

笠を打つ雨の音を響かせながら、弥五が笑う。

「古傘買いの下っ引を騙したって、一文にもならないから、一文にもならないよ」

そうじゃない。一文にもならないから、騙すつもりがなかったのじゃない。

かぶりを振りたかったが、おはまは俯いた。太吉から仕事を奪い、茂兵衛を放り出して逃げた女に好きだと言われても、迷惑というものだろう。

「名前もおしまってことにしよう。親分のおかみさんのような人の着物を一枚もらってやるから、転んだ、足を痛めたと言いつづけるんだぜ」

礼を言ったつもりだったが、声になっていなかったかもしれない。おはまは、弥五の腕の中からこぼれ落ちるように、ふたたびぬかるみに蹲った。着ているものが泥だらけでも、弥五の親分だという岡っ引の家に行って、何くわぬ顔でその女房のような人の着物をもらってくるなど、できるわけがなかった。

弥五が、腰をかがめて言った。

「世話をやかすなよ。着物は俺の気持だ。俺に姉さんか妹がいりゃ、その着物をおはまさんに渡してやった」

おはまは、弥五にすがりついた。自分の泣声は聞えず、弥五の笠を打つ雨の音だけが聞えた。

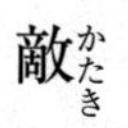

敵（かたき）

急に人通りが多くなった。

炎天下を半刻や一刻、歩きまわったところで目をまわすわけがねえと、暑気当りを心配する妹を押しのけて出てきたのだが、ひたすら照りつけてくる陽射しとその照り返しにはさまれて、少しばかり頭がぼんやりしていたのかもしれない。ふっと我に返ってあたりを見廻すと、湯島天神社の石段の下にいた。人通りは、蟻の行列のように石段をのぼって行って、境内へ吸い込まれている。

「そうか。今日は三の日だっけ」

江戸の人達が熱中しているものの一つに、富籤がある。神社仏閣が売り出しているもので、当り籤には高額な金が支払われ、当り番号は、箱に入れた木札を長い柄のついた錐で突いてきめる。突かれた木札の番号が、当り籤の番号となるのである。これを富突といい、富籤興行ともいって、湯島天神社では毎月三の日に催されることになっていた。

吉次は、はてしなくつづいている行列を眺め、頰を歪めて笑った。

「まったく、江戸のどこから湧いてきたのかね。俺が京橋界隈を歩くと、野良犬もいなくなるのに」

富籤興行を催すのは、ここ湯島天神だけではない。昔はここと谷中感応寺と、目黒不動の三箇所のみが許されていたのだが、文政四年頃から寺社の願いにまかせて許しが出るようになった。今は「山口屋の寮番だ」などとのんきなことを言っている森口慶次郎が、定町廻り同心だった時のことだ。文政八年には十八箇所で富籤興行が催されていたというから、今はもう二十箇所を超えているだろう。

が、吉次はまるで興味がない。当るか当らぬかは、売り出すのが神社仏閣だからではあるまいが神頼み仏頼みで、神仏にそっぽを向かれれば、富札の代金分だけ損をする。当れば行商をやめて店が出せる、最も高い金額が当れば問屋株だって買うことができると、富突の日まで楽しい思いをしていられるだけでもいいと言う者もいるが、富突の日まで楽しいということは、富突が過ぎればがっかりするということでもある。神頼み仏頼みで金儲けができるくらいなら、誰も苦労なんざしやしねえと吉次は嗤いたくなるのだ。

が、そう言って嗤う者は少ないのだろう。江戸の富籤熱はさめることがない。最高金額も年を追うごとにふえて、湯島天神のそれも、はじめは百両だったのが、今では六百両になっている。売られる富札も一千枚にかぎられていたそうだが、もうそんな数ではあるまい。その上、大当りが五十両というような興行もかぞえると、月に二十四、五回、言い換えればほとんど毎日、江戸のどこかで富突が行われているのである。

　それにしては、一の富に当ったという人に出会ったことがない。妹夫婦のおきわと菊松は、もらったとか拾ったとかいう籤が百両の当り籤だったなどという噂話を始終しているが、それはどこの誰だと尋ねると首をかしげてしまう。拾った富籤が当りゃいいという話が、百両当ったという話に化けただけのことなのだ。

　そう教えてやっても、菊松は富札を買ってくる。一枚二朱もする湯島天神や感応寺の富札は、菊松が買いたくてもさすがにおきわが承知しないようで、芝神明宮や愛宕神社、西久保八幡宮などが売り出すものを、仲のよい煙草屋の亭主と代金を折半して買ってくる。買ってくれれば小上がりの座敷に坐り込み、おきわと額を触れ合うようにして上等の砥石が欲しいとか、着物を一枚買いたいとか、ちまちましたことを話しているが、当ったためしはない。ただ、毎日のように富突があれば、毎日のように小金持が生れているわけで、買わずにいると小金持になる機を逸してしまうような気持になり、懲りずに買ってくるのだろう。

　吉次は、石段を見上げた。行先の当てがあって家を出てきたわけではなかった。この暑いのに、掃除をさせてくれなければ兄さんの部屋のいやなにおいが店にまで降りてくるという、おきわの言葉が癇にさわって飛び出してきただけだった。

「ちょいとのぞいてゆくのもいいが、石段をのぼるのが億劫だな」

そう思った目の前を、小柄な女が横切った。石段をのぼって行く人達はみな早足だが、その女は駆けている。女坂と呼ばれる勾配のゆるやかな方の石段で、男坂にくらべれば楽とはいうものの、息をきらせて立ちどまっている者や、連れの早足について行けなくなった者もいた。女は、そんな者達を押しのけるようにして駆けてのぼって行くのである。

「あぶねえじゃねえか、ばか」

押しのけられてよろめいて、転げ落ちそうになった男が大声を張り上げた。

女は、富札の入っている財布を掏り取られたのかもしれなかった。身なりから見て余裕のある暮らしをしているとは思えず、湯島天神の富札を買ったのだとすれば、一年がかりでためた銭をはたいたにちがいない。それに、富突が終るまでは皆、自分の買った富札こそ大当りだと思っている。巾着切りが境内の人混みへ逃げたのなら、血相を変えて追いたくなるだろう。

「行ってみるか」

巾着切りをつかまえてやって富札を取り戻し、ついでに富突を見物すれば暇潰しにはなる。突留まで眺めて戻れば、妹夫婦がいとなんでいる蕎麦屋の最もいそがしい時になり、おきわも裏口から入る吉次に、「もう散らかさないでおくんなさいよ」などと言っている暇はなくなる筈であった。

それに、寺社の境内は町方の十手が役に立たない。仮に人助けとして巾着切りを捕え、富札を取り返してやったとしても、番屋へ連れて行くことはできないのである。巾着切りはにやりと笑って、「ここはお前の出しゃばるところじゃねえ」と言うだろう。が、吉次も、「だったら一生ここにいな。境内から一歩でも外へ出たら、昼も夜もつきまとってやる」とすごむことができるのである。巾着切りが蝮の吉次につきまとわられる方を選ぶか、何もなかったことにしてくれと金を渡す方を選ぶか、それは吉次の知ったことではない。知ったことではないが、これほど易しい選択はない筈であった。

女は、人混みの中を走りまわっていた。そう見えた。立錐の余地もないところを走れるわけがないのだが、人にぶつかれば突きのけ、罵声を浴びせられれば「すみません」とだけ呟いて、必死に誰かを探しているのである。

日照りつづきの境内は大勢の人が半歩、草履の足をずらすだけでも砂埃が舞い上がって、それが、汗をかいた衿首や胸もとにまとわりついてくる。吉次は、女を追って石段を駆け上がってきたことを後悔しながら、なお女を追った。

富を突く時刻が迫ってきたのだろう、拝殿に寺社奉行所の同心や羽織袴の世話人がならび、境内を埋めつくしている人達が、うしろから強い力で押されでもしたように拝殿へと動いた。わずかに見えていた女の黒っぽい着物が、白地の着物が多い人と人の間に隠れた。

吉次は身動きができなくなった。人の軀の暑さにまた汗が噴き出てきたが、まわりの人達は、吉次の汗になど関心がないようで、背伸びをして拝殿を見つめている。地響がするような歓声が湧いた。長い柄のついた錐を小脇にかかえた男が、正面に置かれた箱に近づいてきたのだった。

男が錐を振り上げて、境内が静まりかえった。錐が振りおろされると、箱の両脇に控えていた手伝いの男が蓋を持ち上げる。突かれた木札を見せるのだ。ついで木札を錐からはずし、そこに書かれていた番号を大声で読み上げる。一番突きの番号だった。百両の当りになる筈であった。

境内にどよめきが起こった。当った者がいたのかいなかったのか、吉次の周囲では人の動く気配はない。どよめきのつづく中で、箱はもと通りに蓋をされ、突手の男が錐を振り上げた。

ふたたび境内が静まり返った時、吉次の斜め前あたりから、「いた」と叫ぶ女の声が聞えた。

「いた。お前さん、ちょいとこっちへきておくれ」

錐は箱の中へ突き通されていたが、手伝いの男が蓋を持ち上げるのを一瞬、躊躇したのかもしれない。女に袖をつかまえられたらしい男の、舌打ちまで聞えてきた。

「何だよ、こんなところまで追いかけてきやがって」

「何だよじゃないよ。お前さん、直太がためていたお金をどこへやった」

二番——と、手伝いの男が声を張り上げた。境内に再度どよめきがひろがって、女の声も、女と言い争っているにちがいない男の声もかき消された。が、吉次の前にある人の林がかすかに揺れている。女が亭主らしい男を連れて、懸命に人の林の外へ出ようとしているのだった。

が、二番突きの番号が読み上げられている時に、拝殿へもっと近づこうとする者はいても、うしろへさがって道をあけてやろうとする者はいない。「あいすみません、ちょいと通らせておくんなさいまし」という女の甲高い声が、どよめきの間からとぎれとぎれに聞えてきた。

「あいすみません。ご迷惑様ですが、急いで帰らねばならぬ者でございます、通らせておくんなさいまし」

「痛た。待てよ、このあま」

むりに通ろうとした女が、足を踏んでしまったのだろう。腹立たしげな男の声が聞え、すぐに別の男の声が「野郎、何をしやあがる」と叫んだ。悲鳴が聞え、人の林が大きく揺れた。足を踏まれた男が女に仕返しをしようとして、近くにいた別の男の足をあやまって踏むか蹴るかしたにちがいない。蹴られた男も腹を立てて、お返しをしたらしい。悲鳴がつづき、人の林が揺れつづけているのは、ばかばかしい摑みあいの喧嘩がはじまった証拠だった。

ばかが。

吉次は口の中で呟いた。

これが湯島天神の境内でなかったら、すぐにとっつかまえて、番屋へ行くか素直にあやまるかと脅してやるのだが。

「ばかやろう、静かにしねえか」と、わめく男がいる。「手前こそ静かにしろ」と叫ぶ男がいて、「殴りゃがったな、おい」と、すごみを帯びた声で言う者がいる。

面白えや。どうせやるなら、もっと派手にやれ。

「やめろ。こんなところで迷惑だぜ」

「何が迷惑だ」

あらたな喧嘩がはじまってあらたな悲鳴が上がり、うしろの方からは「うるせえぞ」という怒号が飛ぶ。喧嘩から逃げようとする人達で、人の林は揺れに揺れた。が、境内は人で埋めつくされている。まして二番の木札が突かれたところだった。

「うるせえ」と叫ぶ者達は、木札の番号を確かめようとして拝殿の近くへ押し寄せようとする。逃げようとする者と押し寄せようとする者がぶつかって、吉次が一瞬目を閉じた間に、幾人もが折り重なって倒れた。

ようやく騒ぎに気づいたらしい寺社奉行所の者達も、倒れまいとして逃げる人達の中に埋もれてしまったようだった。やむをえなかった。吉次は懐に手を入れた。

「動くな。大根河岸の吉次だ」

十手を頭の上で振りまわすと、蝮だという声が聞えた。吉次を知っている者がいたのは、むしろ好都合だった。

「動くなと言ってるだろうが。下手に動けば、また倒れる奴がいる。下敷きになって、死ぬ奴がいるかもしれねえんだぞ」

それでも人けのない参道へ避難しようとして、人を押しのける者がいた。吉次は、もう一度十手を振りまわした。強い陽射しを跳ね返した光が、吉次の目にも飛び込んできた。

「言いたかねえが、俺あ蝮の吉次だ。手前勝手に動いて、一人でも怪我人を出しやがったら、生涯そいつに食らいついて、終えには伝馬町へ送ってやるぞ」

吉次と視線が合った者達が、あわてて背を向けた。十手の光におびえたのか、逃げようとする者も拝殿へ近づこうとする者もいなくなって、吉次の周囲と倒れている人達のうしろに、わずかな隙間ができた。吉次は、起こしてやれというように十手を振り、見せびらかすように肩を叩いてから十手を懐に入れた。

一番上に倒れていた数人が、助けを借りずに起き上がった。てれくさそうな顔で頭を下げ、拝殿の富突に気をとられている人達の中へ入って行く。その下になっていた男達も無事だった。二十七、八の踊りか三味線の師匠と見える女も倒れていたが、女中らしい女の助けを借りて立ち上がり、潰れた髷に手をやって、それからその手の擦り傷に気づいて顔をしかめた。女とならぶようにして倒れていた年寄りも、目の下に痣ができていたものの、自分の杖が当っただけらしく、これも女中らしい女に抱えられて起き上がり、人をかきわけて境内(けいだい)の隅へ向かって行った。

起き上がれなかったのは、一番下になっていた三人だった。一人は四十がらみで、小売りの米屋をいとなんでいるといったようすの男だった。もう一人の若い女は男の連れらしく、ことによると男が顔馴染(かおなじ)みの茶屋の女を連れ出したのかもしれない。肩を強く打っているようで、吉次と視線が合ってしまった男達が手を貸して、二人を人混みの外へ連れて行った。あとは、寺社奉行所の者が医者を呼ぶなどの手配をしてくれるだろう。

残る一人が、黒っぽい着物の女だった。亭主らしい男が、さすがに心配そうな顔で人をかきわけてきて、女は男の手につかまって立ち上がろうとした。が、足首をひねっていたようだった。顔をしかめて蹲(うずくま)った。

吉次は、口許(くちもと)を歪めて笑った。汗まみれになって女を追いかけてきて、家でやればよい夫婦喧嘩を人混みの中でやったその女を助け出してやったのだ。

「こちらです」

と言う声がした。あたりをはばかっているような、低い声だった。

拝殿からは「三番」の声が響いてきて、境内はまた静まりかえった。女へ目をやると、女は踝(くるぶし)をさすりながら、亭主らしい男を見上げていた。

「あの女です」

と、低い声が言った。騒ぎの原因を調べようとしている寺社奉行所の者、おそらくは寺社役付同心に、正直者面して訴えている男がいたのだった。

吉次は唾を吐いた。そばにいた男の着物についてしまったが、知ったことではなかった。正直者面した奴ほど嫌いなものはない。富突を見にきた者どうし、何かの腐れ縁と思って唾をひっかけられたくらいは我慢してもらうほかはない。

「おぶってやれ。早く」

吉次は、亭主らしい男に囁いた。怪訝な顔をしたものの、亭主は素直に女の前へ蹲ったが、女が恥ずかしそうにかぶりを振る。吉次は、舌打ちをして言った。

「恥ずかしがる年齢か。面倒なことになっても知らねえぜ」

吉次は女を突き飛ばすようにして、亭主にもたれかからせた。亭主が、ちょっとよろめきながら立ち上がる。吉次は、自分でも思いがけないことをした。女の下駄を拾ってやったのである。

歩き出そうとすると、「待て」という声がした。寺社役付同心だった。亭主がおびえたような顔でふりかえったが、かまうなと吉次はかぶりを振り、女坂からの参道がある方へあごをしゃくった。

が、十手を懐へ入れた吉次と女房を背負った男のために、道をあけてくれる者はいなかった。そのかわり、興行の監視にきているとわかっている寺社役付同心のためには、身をちぢめるようにして通り道をつくっている。追いつかれるのはわかっていた。すぐに「待てと言っているのが聞えぬのか」という声が、背中がくすぐったくなるような近さで聞えて、吉次は同心をふりかえった。

口許に薄い笑いが浮かんだ。呼びとめたのは、一昨年、三人もの命を奪った押込強盗の一団が谷中の寺院にたてこもった時、町方へ加勢を求めにきた同心だった。捕物がある時に、寺社方が町方の力を借りるのはめずらしいことではないが、谷中から北町奉行所まで息せききって駆けてきて、頰をひきつらせて「ご助勢を」と言った男の顔は忘れられるものではない。

寺社役付同心も、吉次の顔を覚えていたようだった。あの時、吉次は、吉次に十手をあずけている北町同心、秋山忠太郎とたまたま奉行所の門前にいた。今は偉そうな顔をしている寺社役付同心が、かすれた声で助けを求めた町方が忠太郎であり、押込がたてこもっている寺院へ駆けつけて、手をこまねいていた寺社方にかわり、縁の下から寺院のようすを探りに行ったのが吉次だったのだ。蜘蛛の巣だらけになって戻ってきた吉次を、寺社方は、空を仰いだり横を向いたりしながら、ちらちらと眺めていたものだった。

かまわずに外へ出ろと、吉次は女の亭主に目配せをした。

「俺の知り合いが、誰かに怪我をさせられたんでさ。こっちも黙って帰るから、そっちも黙っていておくんなさい」

むっとしたような顔で吉次を見据えたが、あの時の貸しは返してもらうと言いたい吉次の胸のうちがわかったのかもしれない。同心は踵を返した。ざまあみやがれと思ったが、そんなむりをしてまで、この女をかばってやる理由はどこにもなかった。

ま、暇潰しってところか。

吉次は、亭主の前へ出た。寺社役付同心とのやりとりを見ていた人達は、吉次と目が合っただけで道をあけるようになった。女を背負った亭主は、吉次の背に貼りつくようにして歩いてくる。

ようやく女坂からの参道へ出た。女の踝は、薄気味わるく腫れてきた。亭主にはまともな身なりをさせているが、女は、十年前に古着屋で買ったようなものを身につけている。かかりつけの医者などいるわけはなく、診立ての金などいつでもよいと、気障なことを言っている庄野玄庵のもとへ連れて行ってやるほかはない。が、その前に、石段の脇にならんでいる茶屋の座敷を借りて、踝をひやしてやった方がよいにちがいなかった。

何だって俺が、そんな面倒をみなけりゃならねえんだ。

門前の茶屋では十手がものを言う。富突の日にただで座敷を貸せと言えば、茶屋の女将はいやな顔をするだろうが、この夫婦のために金を払う気はないし、そこまでする義理もない。吉次は、懐へ手を入れて茶屋へ足を向けた。


たつという名であると、女は言った。

「誰かがわざと出したにちがいない足につまずきまして。あのままでは人の下敷きになって、死んでしまうところでした。お寺社の方のお調べからも逃がしていただいて、何とお礼を申し上げてよいのかわかりません。ほんとうに有難うございました」

ひねった足首には、濡れ手拭いがのっている。窮屈そうな横坐りで、おたつは、でき得るかぎり深く頭を下げた。

黒っぽい着物は銀鼠色だったらしい薄物だが、肩や腰、膝のあたりがすりきれて、継布が当っている。それで黒く見えるのだった。年齢は三十五、六か、まるで化粧をしていないので日焼けした肌の荒れが目立つが、目鼻立ちはととのっている。薄化粧でもしたならば、たいていの男はふりかえるだろう。

そんな女房を置いて、亭主の民蔵(たみぞう)は出て行った。思った通り、医者の知り合いはいないというので、八丁堀(はっちょうぼり)まで女房をはこぶ駕籠(かご)を呼んでこいと言ったのだが、おたつは、いそいそと出て行く民蔵を見送って苦笑いをした。突留(つきどめ)まではさすがにいないだろうが、何番かの富突を見て、それから駕籠を呼びに行くだろうというのである。

「伜(せがれ)が女房をもらう時のためにと、竹筒にためておいた銭まで持ち出して、富札にかえてしまうような男ですから」

吉次は、肩をすくめて横を向いた。暇潰(ひまつぶ)しでも、他人の身の上話を聞こうとは思わない。その合図だったが、おたつは溜息(ためいき)をついて、「直太が生れるまでは、富札の買い方さえ知らない男だったんですけどねえ」と言った。吉次は、あとで因縁(いんねん)をつけられぬようにと茶屋の女将が出してくれた、冷や酒の湯呑(ゆの)みに口をつけた。

「ああ見えても、民蔵は腕のいい建具職人(たてぐしょくにん)だったんでございますよ」

知ったことかと思う。

「所帯をもった時は、多少のたくわえができるくらいだったんです。そりゃ、贅沢(ぜいたく)はいたしませんでしたけれども」

建具屋で贅沢ができるなら、江戸中、建具屋だらけになってらあ。

「でも、直太が生れたあと、わたしが患（わずら）ってしまいまして。お医者の先生へのお礼やら薬代やらで、おあしとはよく言ったものですね、多少たまっていたものも、足がはえて飛んで行ったようになくなっちまって。でも、命を助けてもらったお医者の先生には、きちんとお礼をしたいじゃありませんか。すぐに返せると思って、そのお礼分のお金を借りたのが、つまずきのもとでした。民蔵がいくら働いても、その借金が返せないんです」

簡単に返せたら、高利貸は儲（もう）かりゃしねえよ。

「民蔵もどうしてよいかわからなかったんだと思います。仕事に出かけた先で、一人暮らしのお婆（ばあ）さんが富籤（とみくじ）に当った話を聞いたとかで、大工の棟梁（とうりょう）に二朱借りて、感応寺の富札を一枚買ったんです」

一人暮らしの年寄りの買った富札が高額な当りであったとは、いったい幾度耳にしただろう。おきわもそんなことを言っていたし、南伝馬町の自身番屋でも一時、そんな話でもちきりになったことがある。そして、それと同じくらい、はじめて買った富札が大当りであったというのもよく聞く話だった。吉次は、冷や酒のせいでかわいてきたのどを、冷や酒でうるおした。

「それが、当っちまったんでございます」

「六百両の大当りかえ」

うんざりした表情をつくったつもりだったが、おたつは真顔でかぶりを振った。

「いえ、五両当ったんでございます」

たった五両かと言いそうになった口の中へ、吉次は冷や酒を流し込んだ。六百両、三百両という当りがあるために端金と思えるが、五両は大金である。吉次は秋山忠太郎から一両とまとまった手当を受け取ったことはないし、大店の店先に立った時に、番頭が「親分、ご苦労様でございます」とそっと渡してくれる金も、一分くらいであることが多い。五両を手にするには、二十もの店をまわらねばならないが、世の中には、その一分を手にできぬ者も少なくないのだ。

「お蔭で助かりました」

と、おたつが言った。

「何のかのと差し引かれて、五両そっくりいただけたわけではございませんが、大工の棟梁へ、借りたお金と一緒にお酒を持って行くこともできましたし、高利で借りたお金もあらまし返すことができました」

吉次は、空の湯呑みを持った手を置いている自分の膝を見た。もうそろそろ苛立ってきてもよい筈だった。借金は手前達のしたこと、富籤が当ったのは偶然だ。吉次のせいではないのである。その上、おたつがこれから打ち明けるにちがいない話も見当がついている。が、あぐらをかいている膝は、動こうとしないのである。冗談じゃねえと思った。しかも、おたつは、吉次が予測していた通りの話をしはじめた。

五両が当ったことに気をよくした民蔵は、一枚四百文で売り出された富札を買った。運のわるいことに、と言った方がよいだろう。その富札も、三両の当り札となったのである。

民蔵は富籤に夢中になった。感応寺、湯島天神、目黒不動の三富（さんとみ）は無論のこと、あちこちの寺社から売り出される富籤を、しばしば買うようになった。が、二度つづけて当る幸運が、二度くるわけがない。こなくても、民蔵は富札を買いつづけた。自分の持っている富札と同じ番号が読み上げられる瞬間の、頭の中がかすんでしまうような昂り（たかぶり）が忘れられなくなったというのである。

いい加減に目を覚ませと、おたつは民蔵に言った。仕事は、以前の半分ほどに減っていた。民蔵は手抜きをしていないと言い、おたつも信じたかったが、富籤に夢中となった男が富突の日に落着いていられるわけがない。

二番目の子の亮吉（りょうきち）が生れた時だった。二人の子をかかえてこのありさまでは飢え死にをするほかはないと、おたつは毎夜のように言った。民蔵は、そのたびに詫びた。手前で手前に愛想がつきたと言って、二度と富札は買わぬという約束もした。が、その約束が守られたためしはなかった。

一度失った仕事を取り戻すのは、容易ではなかった。出入りの家にしてみれば、建具職人は民蔵一人ではない。今日は富突の日だと落着かぬ職人に仕事を出すより、多少腕が劣っても、ていねいに、ていねいにと仕事をする職人の方がよいにきまっている。仕事の少なくなった民蔵は、稼ぐつもりで富籤に手を出して、また仕事を失うという悪循環を繰返した。

「別れようとは思わなかったのかえ」

冗談じゃねえや。俺もやきがまわったものだぜ。ずいぶんと、やさしいことを尋ねているじゃねえか。質屋通いも質草がつき、おたつが幼い長男と赤ん坊をあやしながら、夜も眠らずに内職の風車をつくっていたって俺の知ったことじゃねえ。なのに、いっそ別れてしまった方が楽だっただろうにと言っている。気障で薄っぺらで、へどが出そうにならあ。

「思いました、幾度も」

おたつは、ほろ苦く笑った。

「米代の百文がなくって隣りのうちから借りてきたのを、私の手からかっさらって行った時は、面当てに死んでやろうかと思いましたよ」

上の子は八つになっていた。下の子は六つ、読み書きの指南所へも通わせてやれないのを恨みもせず、米代がなくなったと言って泣くおたつの背を左右から撫でて、お腹は空いていないから大丈夫と慰めてくれた。でも、もしおっ母さんのお腹が空いているなら、俺が明日っから働くよ。亮吉はまだむりだけど、俺は掃除もできるし、お使いもできるから、裏通りの蕎麦屋でも横町の煙草屋でも、きっと使ってくれるよ。

俺にもし、子供がいたならば……。

「あら」

滴り落ちた涙を拭いて、おたつは、ふいにその手拭いで顔を隠した。

「お恥ずかしゅうございます。はじめてお目にかかった親分さんに、亭主のろくでなしぶりを、べらべら喋っちまって」

吉次も我に返ったような気がした。他人の身の上話を、よく聞いていたものだった。

「でも、有難うございました。生きている身内が亭主の方ばかりなので、愚痴をこぼしづらくって」

「俺だって、愚痴をこぼしやすい相手じゃねえぜ」

「とんでもない。親身になって聞いておくんなすったじゃありませんか」

吉次は横を向いた。

「お蔭で、敵討(かたきうち)を思いとどまりました」

「敵討？」

「ええ」

「敵討とは穏やかじゃねえな」

「いつか、富突の箱をひっくり返してやろうと思っていたんです。今日も、もし亭主が見つからなかったら、拝殿(はいでん)に駆け上がってひっくり返すつもりでした。ひっくり返るわけはないんですけどね。おまけに私がそう言うと、伜達は、富籤で助かったこともあるのにと言うんです。でも、やっぱり亭主に正気を失わせた富籤が憎らしくって」

「思いとどまってくれてよかったよ。あの箱をひっくり返したりすりゃ、出来がいいらしい伜がつらい思いをすることになる」

それが蝮(まむし)の吉次の言うせりふだろうか。

「親分さんのお蔭です」

手拭いの向うでおたつが笑って、考えてみればてれくさくなる暇潰しはここで終る筈だった。が、茶屋の表口がふいに騒がしくなった。口汚く罵る声が聞え、その声が茶屋の中へ駆け込んできた。

女中が、金切り声で女将を呼んでいる。女将が出て行ったのだろうが、罵声も足音も座敷へ上がってきた。

「す、すまねえ」

畳へうつぶせたのは、民蔵だった。うしろには、両袖をまくり上げた男達がいる。借金の取り立てにきた男達にちがいなかった。おたつは先刻、伜がためていた金に民蔵が手をつけたようなことを言っていたが、それだけで月に二十四、五枚もの富札が買えるわけはない。懲りている筈なのにまた高利の金に手を出して、その利息を払うために金を借りる、わるい繰返しから抜けられなくなっているのだろう。

「一日待ってくれと言うから、待ってやったんだ。が、お前のうちへ出かけてみりゃあ、女房もいやしねえ。伜の仕事場へも行ってみたが、親方ってのが出てきやがってね」

「ま、湯島天神へ行きゃあ、てえげえお前に会えると思ってさ。そうそう、くる途中で湯屋の親爺に会ったが、お前、湯銭も払わねえんだってな。さぞかし銭がたまっただろうから、それをこっちに返してくんな」

民蔵が蒼白な顔を上げた。

「待ってくれ、もう一日、いや半日でいい」

「突留の六百両が当るってのかえ」

「当る。きっと当る。だから、もう半日待ってくれ」

「根津権現の富突の日も、そんなことを言ってたっけ。あげく、蕎麦代も払えずに逃げたのは、どこのどなただったたっけね」

「あの日はついてなかったんだ。今日は当る。必ず当るから半日待ってくれ、頼む」

「断っておくが、利息だけ返すから、その分を貸してくれってえ手は使えなくなっているんだぜ。この前貸した金は、上の伜の手間賃で返すことになってるんだものな」

お前さんって人は。

おたつが悲鳴に近い声で叫んだ。吉次は、咳払いをして取り立ての男達を見廻した。

三人いるうちの一人は見かけたことがあるような気がした。

「お前ら、利息はいくら取っているんだ」

蝮――と、見かけたことのある男が目を見張って言った。何だってこんなところに蝮がいるんだ。

「わるかったな。蝮ってなあ、春に巣から這い出して、夏にゃあちこち動きまわるんだよ」

吉次が立ち上がると、男達があとじさった。

「もう一度聞くが、お前ら、ご定法通りの利息で、この男に金を貸したんだろうな」

答えはなかった。男達は、両手で着物の裾を持って座敷から飛び出した。吉次は、ゆっくりと男達を追った。男達は脱ぎ捨ててあった草履を拾い、石段を駆け降りて行く。民蔵がまた借りに行かなければ、当分の間、彼等につきまとわれることはない筈だった。

吉次は座敷に戻った。民蔵は畳に額をすりつけて、今度こそ目が覚めたと言っていた。が、おたつは、瞼の下を痙攣させて横を向いている。伜の手間賃をかたにして金を借りたと知らされた上、聞き飽きたせりふを聞かされるのでは、腹が立つのも当然だった。

灸をすえてやるほかはないと思った。今は富札を引き裂いているが、放っておけばこの男はまた買おうとするにちがいなかった。

「行くか」

と、吉次は言った。富札をひきちぎって、おたつに詫びていた民蔵が顔を上げた。

まだ駕籠がきていないと、口の中で言う。

「あの、早くきてくれるように言ってきます」

おたつが心配していた通り、富突を見てから駕籠屋へ行くつもりだったらしい。

「駕籠は、ここの女中にでも呼びに行ってもらうさ。その駕籠で、おたつさんは玄庵先生んとこへ送り届けてやる」

いやな予感がしたのかもしれない。民蔵が吉次を見た。

「お前は俺と、番屋へ行くんだよ」

民蔵は湯銭を踏み倒している。蕎麦代を払わずに逃げたこともあるようだった。調べれば、ほかにも小さな罪を犯しているだろう。番屋の柱にくくりつけて秋山忠太郎に知らせれば、大番屋へは送られる。民蔵にとっては大番屋でもものものしく、動顛して、調べがついていない食い逃げまで喋ってしまうにちがいなかった。小伝馬町の牢獄へ送られる、牢獄へ入れられれば悪党達からひどい目にあわされる、それから遠島になるかもしれないと、民蔵は生きた心地もしないだろう。

そこで、ふたたび吉次が登場する。食い逃げをされた方は、ざる蕎麦一杯でかかわりあいになりたくない。民蔵に蕎麦代を払ってもらえなかったと言った以上は、奉行所でまったくその通りであると言わなければならないのである。「どうするえ」と吉次が言えば、蕎麦屋は喜んでいくらかの金を握らせてくれて、何もなかったことにしてくれと頼む筈であった。湯屋の亭主も、奉行所に訴えてまで湯銭を取ろうとはすまい。その前に、おたつが内職で得た銭を持って、湯屋へあやまりに行くにちがいなかった。

民蔵は、解き放ちとなる。解き放ちとなるが、たいていの者は、牢獄へ送られるかもしれぬと思っただけで髪が白くなるという。民蔵も、一晩を大番屋で過ごせば、富札など見たくもなくなるのではないか。

吉次は、懐から十手を出した。

「お前さん、お逃げ」

すさまじい力だった。吉次は、座敷の隅まではじき飛ばされて尻餅をついた。足首をひねっている女がしたこととは思えなかった。しかも、おたつは、開いている唐紙の前に両手をひろげて立っていた。

「早く。早く逃げるんだよ」

出入口へ走る民蔵の姿が見えた。が、さすがにそこで足をとめたらしい。「お前はどうするんだ」という声が聞えてきた。

「どけ」

と、吉次は言った。灸をすえてやるだけだという短い言葉が、どうしても口の外へ出てこなかった。

「どけ。あいつは食い逃げだ」

「わたしが払いますよ」

近づけば、飛びかかってきかねない顔つきだった。吉次はもう、下敷きになったおたつを救い出してやった恩人ではなかった。おたつにとっては何の罪もない亭主を捕えようとする、許しがたい敵なのだった。

「わたしゃ何て人を見る目がないんだろうね。たった一杯、蕎麦を食べて逃げただけの男をつかまえて手柄にしようなんて岡っ引に、よけいなことを喋っちまったんだもの」

おたつは、火の出るような目で吉次を見据えた。

「屑。屑だよ、お前なんざ」

「ばか。お前の……」

ためにしていることだという言葉も口の中で消えた。吉次は天井を向き、そこに蜘蜘蛛の巣でもかかっているように息を吹き上げた。

おたつは、富籤が敵だと言っていたのだった。富籤に狂って、仕事を失い、米代や伜のためていた銭まで持って行ってしまう民蔵が憎いと言っていたのではなかった。おたつが灸をすえてもらいたいのは、富籤の方なのだ。

「ばか」

と、吉次は声にしておたつに言った。が、「俺が富籤に灸をすえられるわけがねえだろうが」とは、胸のうちで言った。

「わかったよ。どうしようもねえ亭主をかかえて、これからもたっぷり苦労しな」

「苦労なんざしていませんよ。わたしにゃあの人のほかに、直太もいれば亮吉もいるんです」

吉次は十手を懐へ入れた。

民蔵はまだ出入口の土間に立っているらしい。おたつは土間をふりかえり、その視線を、尻餅をついたままの恰好で動こうとしない吉次へ戻した。吉次の方が横を向いた。

壁を見ている目の端に、出入口へ行こうとするおたつの姿が映った。吉次に突き当り、開いている唐紙の前に立った時は夢中で気づかなかったのだろうが、なお足首を痛めたにちがいなかった。歩き出そうとしてくずおれて、這って両手で躯をはこんでいる。

その躯を、男の手が抱き上げた。民蔵だった。そのまま石段を降りて行くつもりなのかもしれなかった。多分、おたつも、恥ずかしいとさえ言わずに抱かれているだろう。が、これも多分、十日もすれば民蔵は富籤興行の境内にいる。

「俺は、何をしたってんだ」

高利貸の取り立てを追い返してやって、民蔵に富札を引き裂かせただけではないか。おまけに、ろくでなしの亭主の根性を叩き直してやろうとしたのである。おたつに恨まれる筋合いはない。もっとも、ろくでなしは民蔵ではなく、吉次の方だと思っている者の方が多いだろうが。

暇潰しをしようなんてえのが、とんだ間違えだった。俺あ、働き者なんだ。この暇に、脛に傷のある奴を探し出さなければいけなかったのさ。まったく森口慶次郎なんてえ奴はよく、あくびの出るような寮番をつとめていられるよ。暇ってのは、ろくなことがねえのに。

おたつと民蔵は、もう石段の下に辿り着いたかもしれなかった。

夏過ぎて

あいつだ。

辰吉が低声で言った。慶次郎に言ったのかと思ったが、当人は呟いたことに気づいていないようだった。辰吉の前にいる晃之助も、ふりかえって唇に指を当ててみせるわけでもなく、月の光の届かぬ松の木の陰の、さらに暗い闇を探して身を沈めた。

深川富岡八幡宮の境内であった。慶次郎ら三人が見張っている伊勢屋は、鉤の手をつくってならんでいる松本とともに二軒茶屋と呼ばれ、風流であると自負する人達が、この土地の雪月花を愛でて集まるところだという。

慶次郎も南町奉行所の定町廻り同心をつとめていた頃、雪見の会に誘われたことがあった。が、料理はともかく、暮六つを過ぎ、夜の冷えが軀へしみてくるようになっても、障子をとりはらったまま雪を眺めている酔狂ぶりに閉口させられたものだ。熱くしてもらった酒を飲んでも腰や腿のあたりに入り込んだ冷えは消えてくれず、明日の仕事があるからと、早々に帰ってきたことを覚えている。

「ありがとうございました。どうぞ、お気をつけてお帰り下さいまし」

駕籠は呼ばれていない。大坂商人の沢屋作兵衛となのっているが、江戸麴町で手跡指南所を開いていた浪人者、国吉安兵衛かもしれぬ男は、泊まっている旅籠のある馬喰町まで歩いて帰るつもりらしい。長身で、恰幅のよい男だった。

「どうします」

と、辰吉が言って、晃之助がかぶりを振った。

作兵衛の容貌は、安兵衛のそれとよく似ているようだった。一昨日、大川に遺骸となって浮かんだおちかは、慶次郎の友人である翁屋与市郎に国吉安兵衛の風貌を話していて、慶次郎は与市郎からそれを聞いた。おちかの言葉を書きとめていた与市郎の話はかなり正確であった筈で、作兵衛に会ったことのある辰吉にその特徴を告げると、まったくその通りだと少し驚いたようにうなずいた。が、それだけだった。作兵衛が安兵衛である証拠は何もない。他人の空似かもしれず、おちかの証言も、甥の訴訟沙汰にまきこまれ、口の達者な公事師を探すために一足先に江戸へ出てきたという彼の言葉を、嘘だときめつける材料にはならないのである。

しかも、国吉安兵衛は死んでいた。十年も前のことだった。もう少し詳しく言えば、失踪して、旅先で死んだといわれているのだ。

国吉安兵衛の妻と、おちかの父の桐屋十左衛門は、ある川柳の会の連中で、その中の好事家が催す雪見の会や月見の会などに、かかさず顔を出していた。その二人がいつ、どんな風にといった詳しい経緯はわからないが、連中の間でも噂となる間柄になっていたのである。その噂が安兵衛の耳に入ったのだろう、妻は自害して果てた。

確か南町奉行所の月番で、調べに当ったのは若い定町廻り同心だった。安兵衛が妻の不貞を怒り、斬って捨てたのではないかと若い同心の調べを危惧する者もいたが、彼についていた岡っ引は、二十年も十手をあずかっている男だった。その岡っ引も、安兵衛の妻ののどにあった傷痕はあきらかに自分で切ったもので、間違えようのない自害だと言っていたのである。だが、妻の野辺の送りをすませると、安兵衛は姿を消した。数日後、東海道の平塚宿近くで死んだ男が国吉安兵衛の道中手形を持っていたという知らせがあったのを、慶次郎は今でも覚えている。

そして十年後の今、桐屋の家つき娘であったおちかが五日前に行方知れずとなり、一昨日、大川に浮かんだ。

行方知れずとなる前日は、入聟であるおちかの亭主の一周忌だった。その日、おちかは落着かなかったらしい。法要に参列した翁屋与市郎は、おちかから妙な手紙をあずかってきた。『御用心』とだけ、達者な文字で書かれた手紙だった。

その文字が、かつて見たことのある安兵衛のそれに似ていると、おちかは言ったのだそうだ。薄気味がわるいので森口（もりぐち）の旦那（だんな）にお見せしてくれ、詳しい話は亭主周次郎の一周忌の後片付けがすんだあとで根岸へ伺ってからにすると、安兵衛の風貌を与市郎に伝えたというのである。

十年も前に死んだ安兵衛が、『御用心』と書いた手紙を桐屋に届けられるわけがない。が、法要のさなかに与市郎を呼び、安兵衛の容貌まで話したというおちかの胸騒ぎを無視することもできなかった。晃之助を呼び、国吉安兵衛についてあらためて調べるように頼み、一周忌の後片付けがすむのを待っていたところへ入ってきたのが、おちか行方知れずの知らせだったのである。

よほど不安だったのか、おちかは、法要をすませた翌日の午後、根岸へ行くと言って家を出たという。女中が供についていたそうだが、忘れものを取りに行って戻ると、裏木戸の前からおちかの姿が消えていた。

女中については辰吉が調べた。血相を変えておちかを探しているのを見た者が何人もいて、怪しむところはなかったようだ。

「何が御用心だ。ばかにしやがって」

慶次郎は、晃之助がいやだと言っても探索にくわわることにした。

国吉安兵衛の記録は、「江戸麴町住人　相州平塚ニテ死」と書かれたものしか見つからなかったが、辰吉が妙な話を聞きつけてきた。小売りの米屋で働いている若者が、馬喰町の公事宿でかつての師匠を見かけ、声をかけたというのである。『かつての師匠』は「先生」と呼ぶ声にふりかえったが、若者が駆け寄ると、「どなたですやろか」と上方訛りで尋ねて公事宿へ入って行ったそうだ。

辰吉は、馬喰町に走った。公事宿の主人の話によると、若者が安兵衛だと思ったのは大坂の木綿問屋の主人、沢屋作兵衛で、七日前から泊まっているという。甲府の木綿問屋に嫁いだ妹がいて、妹の伜を養子にするつもりだったが、その甥が親に内緒で友人に金を貸し、返せ返さぬの騒ぎになったのだという。

「金公事が片付かなければ養子にするのはむずかしいでしょうからね、大坂からでも薩摩からでも出てきなさいますよ」と、公事宿の主人は、作兵衛のかたを持つようなことを言って肩をすくめた。辰吉は物陰で作兵衛が公事宿から出てくるのを待ち、容貌を覚えてから戻ってきたと言った。

作兵衛は、まだ伊勢屋の女将と立話をしている。が、見えるのは女将の顔ばかりだった。作兵衛は背を向けていて、ふりかえろうともしない。公事師を招いたというのだが、相手の出てくる気配もなかった。

雲が流れてきて、月を隠した。それを待っていたように作兵衛が歩き出した。

隠れてはいられなくなった。慶次郎は懐手（ふところで）になって、ふらりと作兵衛の前に立った。与市郎の話から想像していたのと、ほぼ同じ容貌の持主だった。慶次郎は、ぎょろりとした目や角ばったあごを、あらためて脳裡（のうり）に染（そ）めつけた。

「何かご用でございますか」

小腰（こごし）を屈（かが）めてはいるが、ぎょろりとした目が咎（とが）めるように慶次郎を見た。

「すまねえ。松本ってなあ、どっちの店かわからなくなっちまって」

「こちらは伊勢屋はんでございます。向うの店やないかと思いますが」

上方訛りで言い、松本を指さして、また慶次郎を見る。大きな目が飛び出してきそうだった。覚えやすい顔だと思った。

「ありがとうよ。来つけねえところへは、招（よ）ばれてもくるものじゃねえな。まごまごしちまう」

「何を仰有（おっしゃ）いますやら」

「それじゃ行ってみるとするか。足をとめさせて、すまなかった」

「いえ、急ぐ旅ではございまへんよって」

飛び出してきそうな目が、また慶次郎を見た。歩き出すかと思ったが、足をとめたまま慶次郎を見つめている。

やむをえず、慶次郎が歩き出した。松本に上がったことはないが、松本の客が事件を起こした時に女将と会っている。作兵衛が見送っていても、女将と立話くらいはできる筈であった。

松本はどこかと尋ねた男は、何者なのだろうと思った。縮（ちぢみ）の着流しに落（お）とし差（ざし）という姿は、風流とか粋（いき）とかいうものにうつつを抜かしている旗本の隠居のように見えるが、それにしては言葉が砕け過ぎている。昨日、岡っ引がきたと公事宿（くじやど）の亭主が言っていたことを考えると、やはり、町方の者かもしれなかった。

だが、しくじりはしていないと思う。あの日、どこへ行くつもりだったのか知らないが、おちかは女中を連れ、みやげものらしい風呂敷包（ふろしきづつみ）をかかえて裏木戸から出てきた。が、忘れものがあったかして、女中はあわてて木戸の中へ戻って行った。

この上ない機会だった。機をのがさずに動いたせいか、ことは予想よりもうまくはこんだ。前に立っただけでおちかは顔色を変え、妻の久江はお前の父親と心中をすると言って命を絶った、心中の生き残りがどういう罰をうけるか知っているかと言うと、歯の根もあわぬほど震えながら指示通りについてきた。お蔭（かげ）で、おちかを知っていそうな人のいる町を行く時は人けの少ない裏通りをできるだけ離れて歩き、隅田川のほとりへ出て吾妻橋を渡り、苦労せずに本所中之郷まで連れて行った。あのあたりの河岸地には、瓦を焼く窯がある。窯に火が入っていれば小屋に人がいるが、いなければ、ことをはこぶのにこれほどうってつけの場所はない。窯に火をいれるようすのないことは、毎日、吾妻橋を渡って確かめておいた。何をされるのかようやく気がついて、逃げようとしたおちかの細い首に手をかけると、久江を殺害しているような錯覚をおこして軀が熱くなったものだ。

久江は、十左衛門と心中する気だった。すべてを許すと言ってやったのに久江はかぶりを振って、二人の間柄が知れた時は死んで詫びる覚悟をしていたと蒼白な顔で答えた。十左衛門も同じ覚悟であると言い、死なせてくれとひたすら願った。ほんの少しの間、目を離した隙にのどを切ってしまったが、自分が命を絶ったと知れば十左衛門もあとを追ってきてくれると、久江は息絶える寸前まで、いや息絶えて黄泉路を辿っている時まで、信じつづけていたことだろう。

死なせてくれという願いを、黙って聞いていたのは久江の夫である。久江を死なせまいとして懐剣を取り上げ、庖丁を隠して、その上片時も離れぬようにしていたのも夫なら、それほど気をつけていながら案内を乞う弟子の声にふっと立ってしまったのも夫であり、どこに持っていたのか久江に剃刀でのどを切られてしまい、あわてふためいて久江を医者へ抱いて行ったのも、遺骸の手を握って涙を落としたのもその夫であった。

久江は、祖父の代に禄を離れた浪人者の娘だった。父親が公事師となり、食べるに不自由はしていないようだったが、裕福と言えるほどではなかった。それでも久江の父親は、娘の夫のために手跡指南所を開いてくれた。

書には自信があった。久江と同じように父親は浪人であったが、その父親が浪人は剣術より算盤という考えの持主だったため、算盤の珠をはじくのも下手ではなかった。書も算盤も達者な師匠なら弟子が大勢くるだろうと思ったが、案に相違してまるで集まらなかった。久江は恥も外聞もかなぐり捨てて、近所の家をたずねてまわった。夫の書は一流、算盤も達者と触れまわったのである。隣町の指南所へ、ほとんどの弟子達が行ってしまった時もそうだった。夫の教え方に不満があったら遠慮をせずに言ってもらいたいと、一軒ずつ頭を下げたのだ。

可愛い妻だった。不満などある筈もなかった。その頃の久江の楽しみは、嫁いでくる時に持ってきた『古今集』を暇を見つけては読むことで、興がのると、その中の歌を美しい仮名文字で書いていた。

ただ、少しばかり針仕事が苦手だった。繕いものはしていたし、夫や自分の浴衣は無論のこと、袷も綿入れも縫ってはいた。縫ってはいたが、あまり針目がそろわず、袖付けがうまくゆかぬなどと言って縫い直しをするので、出来上がるまでが長かった。

女の子に裁縫を教えてくれと、弟子の母親達が言い出したのはいつのことだっただろう。確かに、師匠の妻が女の子達に裁縫や琴を教える指南所もあった。どこの町であったか、小太刀を教えるところさえあった。

母親達の久江への頼みは、久江を信頼してのことであったと思う。日常の所作や、代筆を頼んだ時の書の美しさに感心し、この人ならば裁縫も琴もうまいにちがいないと信じてしまったのかもしれない。

母親達は、うちの娘が仕立物の内職くらいできるようにしてくれと言った。稼ぎのわるい男と一緒になっても困らないよう、琴か三味線を弾けるようにしてくれと言った。それも、明日の米を買いに行く途中や油売りの声に油差を持って表へ飛び出した時のような、毎日必ずある機をつかまえてせがんでいた。針仕事が苦手で、琴も三味線も弾けぬ久江は次第に無口になり、笑わなくなった。

母親達の言うことなど気にするなと慰めても、弟子の数がまた減ってしまうと言って泣く。母親達の望みにこたえられなければ、女の子の弟子がほかの指南所に行ってしまい、それにひきずられて男の子達もいなくなってしまうというのだった。

子供の数が急にふえることはないが、手跡指南所はふえつづけている。何とかしなければと久江は悩み、焦って、心も病んでしまったのかもしれない。真夜中にふと久江のいないことに気づいて探すと、針箱を前にして、真っ暗な稽古場に坐っていたことがあった。大根をきざむ音がとだえたので台所へ行ってみると、手に持っている庖丁をじっと見つめていたこともあった。

繰返すが、そんな久江を見て心配したのは十左衛門ではない。凝りをほぐしてやると言って触れた肩の薄さに愕然としたのも、頰の肉が落ち、大きな目がくぼんで面変わりしてしまった久江を床に寝かせ、粥を炊いてやったのも十左衛門ではない。家の中に、それも台所の隅にひきこもっている久江を、あやすようにして花見に連れ出してやったり、芝居へ連れて行ってやったりしたのも、十左衛門ではないのだ。

あれは、中村座へ連れて行ってやった時のことだった。外へ出るのをいやがっていたのに、はじめて見る芝居に興奮したのかもしれない。茶屋での昼飯に、久江は盃へ手をのばした。一杯めをめずらしく二口か三口の早さで飲んで、久江はいやなことが消えてしまったような気がすると言って笑った。ひさしぶりの笑顔だった。

それが嬉しくて、飲め、飲めと空になった盃に酒をついでやったのだが、今になれば、十左衛門のために飲ませたようなものだと思う。桟敷へは戻ったものの、前夜まで眠れずにいた久江の軀に酔いのまわらぬわけがない。居眠りをしたのを見て、大切の幕が開くのを待たずに芝居小屋を出た。その帰り道で、あの川柳の会の貼紙を見たのである。最後の幕まで見ていれば駕籠を仕立てて帰り、あんな貼紙は見なかった筈なのだ。

嫁入道具の簞笥の中に『古今集』を入れてきて、繰返し読んでいたような女だった。その上、酒で気持がほぐれていたところであった。久江は、足をとめて貼紙を見た。行きたいと言い出すだろうと思った。が、久江は俯いて黙っていた。黙っていたが、歩き出そうとはしなかった。

「顔を出してみりゃいいじゃないか」

台所にひきこもってばかりいた妻が、酔いの勢いもあったとはいえ、その月並の会に出てみたいような素振りを見せたのである。夫がそう言うのは当り前だろう。江戸市中に幾つもある川柳の会の社中には、女もいる。

久江は、川柳の会へ出かけて行った。酔いが醒めてしまえばまた台所にひきこもってしまうのではないかと思ったが、久江自身にも、台所から出て行くきっかけをつかみたい気持があったのだろう。行きたくない気持が強くなってきた自分を自分でごまかすように、嫁いできた頃の着物に着替えて出て行った。

「気をつけて帰ってくるのだよ。帰りは、料理屋の女将に駕籠を呼んでもらうといい」

上機嫌をよそおって送り出したが、かすかな不安はあった。久江が社中の重要な一人となった頃には、不安は真っ黒になっていて、十左衛門との噂も、かなり早い時期から知っていた。

口実を設けては出かけて行く久江を、だが、黙って見送っていた。十左衛門との逢引とわかっていても引きとめなかったのは、「行かせぬ」と言ったとたん、駆落をするか、心中をするのではないかと、その方が不安だったからだ。事実、久江はみずから命を絶った。

久江の行先も行為も暴くつもりはなかった。誰が告げ口をしたのか、すべてを知った久江の父が、怒りに顔を赤くして乗り込んでこなかったなら、いまだに逢引に出かけて行く久江を見送っていたかもしれない。

それほど桐屋十左衛門が好きならば仕方がないと答えた時、久江の父は呆れ返ったような顔をした。「父親の前と思って遠慮なさるな。たった今、この姦婦めを真っ二つにしてしまわれるがよい」とも言ったが、久江を斬る気など毛頭なかった。久江には生きていてもらいたい、自害しないでくれと、そればかりを願っていた。

未練と言われてもよい。だらしのない男と言われてもかまわない。久江を失って、どう生きて行けというのか。十左衛門を恋うて患いついたなら、その恋患いの枕許に、粥をつくってはこんで行ってやる。十左衛門を思って泣くのなら、その涙を拭いてやる。粥を食べさせ、涙を拭いてやって、いつの日か、十左衛門から久江の心を奪い返してやる。

が、久江の自害で、すべてが終った。久江は胸を十左衛門への思いでいっぱいにしたまま、あの世へ行ってしまったのである。

惨めだった。情けなかった。恨めしかった。十左衛門と心中する、その覚悟はできていると言ったのは、自分の面影を抱いていないでくれと言ったにひとしい。残された者は、どうしても十左衛門につながってしまうのが恐しくて久江との思い出にひたることもできず、ほんとうにひとりぼっちで生きてきたのである。

それがどんなにつらいことか、十左衛門に思い知らせてやる。十左衛門のせいで皆命を失う破目になったと身内の者に恨ませて、取り残された十左衛門は、身内の者との昔を思い出せぬようにしてやる。

両国橋のたもとで足をとめてふりかえったが、遠くから駕籠舁のかけ声が聞えてくるだけで、松本はどちらかと尋ねた男の尾けてくる気配はなかった。

沢屋作兵衛が国吉安兵衛であることは、間違いないと思う。

が、意外なことに、そう断言してくれる者がいなかった。言葉を替えて言えば、作兵衛におちか殺しの疑いをかけて、大番屋へ連れて行く口実がない。

桐屋十左衛門は、安兵衛と会ったことがないと言った。嘘ではないだろう。言葉を濁していたが、安兵衛の妻とただならぬ間柄になっていたのである。その夫とは顔を合わせたくなかったにちがいない。

女房を六年前に亡くし、昨年は聟の周次郎が他界、その一周忌の翌日に一人娘のおちかを失って、目の前にいる十左衛門は、豪放磊落という評判が嘘だったようにやつれている。おちかの忘れがたみである孫の周太を抱き、「この子だけが頼りとなってしまいました」と、にじんでくる涙を苦笑いでごまかしている姿は、六十を過ぎた老人のようだった。

「あの『御用心』と書かれた紙も、手代か小僧が拾えば私のところへ持ってきたのでしょうが、運わるく、おちかが拾ってしまいまして」

紙は、台所に落ちていたらしいという。

「ですが、国吉さんに会った者と申しますと」

と、十左衛門は言った。

当時、十左衛門の供をしていた小僧は手代となって桐屋で働いている。十左衛門の密会についてきたこともあり、その時は麹町まで久江を送らせた。が、彼も、安兵衛には会ったことがないという。慶次郎は、桐屋を訪れる前に馬喰町へ行ってみた。作兵衛はいず、作兵衛を「先生」と呼んだかつての弟子に会ったが、師匠と思った男に「どなたですやろか」と怪訝な顔をされると、安兵衛とは軀つきがちがうような気がしてきたと、申訳なさそうな顔で言った。胸を張って稽古場の子供達を見廻していたにちがいない安兵衛の姿と、公事宿の亭主にまで幾度も頭を下げて出かけて行く作兵衛の姿を重ね合わせると、どこか、ずれるところがあるのだろう。

おちかは、十六歳の時に安兵衛と会った。八つだったというかつての弟子よりも、はるかに記憶は正確である筈だった。だからこそ殺害されたのではないかとは、十左衛門も疑っているようだった。

「おちかがなぜ国吉さんに会ったかと申しますと、それも私のせいなのでございます」

と、十左衛門は、高熱を出したのではないかと思えるような深い息を吐き、慶次郎の視線を避けて話しはじめた。

おちかがはじめに会ったのは、久江の方だった。それも、十左衛門に知らせずに会っていた。桐屋がよく利用する料理屋へ久江を呼び出して、父親と別れてくれと、両手をついて頼んでいたのである。周次郎との祝言(しゅうげん)を、間近にひかえた時であった。

「私の恥をお話することになりますが」

十左衛門は女中を呼び、孫の周太をあずけた。

「私はこの通り、困った父親でございます。が、聟の周次郎は酒も飲まず煙草(たばこ)も吸わず、吉原へ遊びに行っても泊まらずに帰ってきてしまう堅物(かたぶつ)でございました。ま、私も商売にかけては鼻のきく方でございますし、働くのが嫌いな方でもございませんが、おちかは、堅物の聟がくれれば、私が店をまかせきりにして遊び呆(あそ)(ほう)けるようになると心配したのでございましょう。久江……いえ、国吉さんの奥様とも、ここで縁を切ってもらわなければ、家の中でごたごたが起きると考えたのだと存じます。当時は、手前の女房が、まだ存命でございました」

が、久江は、おちかの頼みにかぶりを振った。十左衛門との仲は前世(ぜんせ)からの約束事であり、それは十左衛門も承知していると言ったのである。

「そんなことを言われた覚えはないのですが」

十左衛門は、懐(ふところ)から出した手拭(てぬぐ)いで顔中を拭いた。抑えつけていたにちがいない悲しみが、ふいにこみあげてきたようだった。

「ただ、一度、夫婦になろうと言われたことはございます。私の方は考えてもおりませんことでしたし、向うも同じだと思っておりましたのですが」

十左衛門は、そちらも夫のいる身であろうがと笑った。が、久江は真顔で、今のままでは息が詰まって死んでしまうと言った。よい妻でもない、賢い妻でもない、普通の妻となるために鎌倉へ行く、離縁してもらいたい女が駆け込む東慶寺（とうけいじ）に入るというのである。

十左衛門の背を、つめたい汗がつたった。十左衛門は、妻子がいる。何が何でも夫婦になろうという話を冗談にしてしまわなければならなかった。

そちらはそれでよかろうが、わたしには女房と娘がいる、店には番頭も手代も小僧もいる、なかなか振りはらうことができないが、男には駆け込むところがない、そう言って、十左衛門はわざと大声で笑った。久江も口許（くちもと）をほころばせたようで、それで笑い話になったものと思っていた。

だが、久江は別の解釈をしたようだった。男には駆け込むところがないという十左衛門の言葉を、自分には行きどころがない、行きつくところは心中と言外ににおわせたと思ったらしいのである。

「まったく何を考えているのか――と申しましても、あちらの世間知らずを面白がっていた私がわるいのですが」

十左衛門の苦笑いは消える時がない。おちかが久江を呼び出したことも、久江がおちかに十左衛門とは前世からの約束で結ばれていると話したことも、久江の父が血相を変えて飛び込んでくるまで知らなかったというのだ。

「あちらのお父上といいますのは、ご浪人で、公事師の阿久津忠蔵様というお人でございました。はい、先年亡くなられましたのですが。おちかは、決して別れぬというあちらの答えを聞いて、どうしてよいのかわからなくなったのでございましょう。迷った末に、阿久津様をおたずねしたのだそうでございます」

おちかの話を聞くと、忠蔵は、ものも言わずに立ち上がったそうだ。桐屋へ走ってきたのである。十左衛門とはそれが初対面だったが、「姦夫十左衛門」と蒼白な顔で罵り、姦婦久江と重ねて叩っ斬りたいところだが、そなたの娘に免じて思いとどまる、二度と我が娘に会ってくれるなと言って、店を飛び出して行った。麴町へ向ったのだった。

その数日後に久江が命を絶ったことも、十左衛門は忠蔵から知らされた。久江は、抱き上げた安兵衛を十左衛門と間違えたようで、黄泉路の入口で待っていると呟いたという。が、心中の約束などした覚えもなかった。

野辺の送りに行けるわけがない。どんな言訳も通らぬだろうと、十左衛門が知らぬ顔をすることにきめたその席へ、おちかが顔を出した。線香をあげに行ったのである。おちかは、自分の告げ口がもとで久江が命を絶ったと思ったようだった。十六の娘は、父親が密通していた女の夫から石を投げつけられても唾を吐かれても、密通の相手の遺骸へ線香を手向けずにはいられなかったのだろう。

おちかは、安兵衛に会った。安兵衛も、おちかと顔を合わせた。その時の顔は、お互いにくっきりと脳裡に染めつけられて、色褪せることはなかったにちがいない。

「それで、森口様」

と、十左衛門が言った。

「国吉さんが戻ってきたとして、私は、どうすればよろしゅうございましょう。私が蒔いた種で娘の命が奪われました。娘を追いかけて行って、詫びを言いとうございますが、それでは周太をどうしてくれるのだと、かえっておちかに叱られそうな気がいたします」

「そりゃあそうさ。何も安兵衛に斬られてやることたあねえ」

十左衛門は、年寄りじみたしぐさで、また顔を拭いた。

「迷惑でなければ、俺がしばらく泊まっていてもいい」

「迷惑でなければとは、こちらが申し上げることでございます。ご迷惑でなければ、お泊まりいただきとう存じます」

　話がとぎれるのを待っていたように、唐紙の向うから手代の声がした。町医者の結城拙斎がきたという。十左衛門の苦笑いが、いっそう濃くなった。数日前から吐き気やめまいに襲われていて、生れてはじめて医者に診てもらうことにしたのだそうだ。

「少しお待ち下さいまし。只今女中を呼びまして、お泊まりいただくお部屋へご案内いたさせます」

　が、女中を呼ぶ前にあわただしい足音がした。それも一つではなかった。番頭が医者を案内しているのか、医者が番頭を引き連れているのか、もつれあうように二人の男が駆けてきたのだった。

「旦那様。それが、その紙が店の中に落ちていたそうでございます。拙斎先生が見つけて下さいました」

　医者らしい男が右手を突き出した。男の右手は、『御用心』と達者な文字が書かれた紙切れを握っていた。

先日、二軒茶屋の前で声をかけてきた例の男が桐屋へ入って行った。すぐに十左衛門が出てきて、奥の座敷へ案内したらしいところをみると、やはり町方の者だったのだろう。そういえば、手跡指南所の師匠をしていた時に、森口慶次郎という定町廻り同心の噂を聞いたことがある。罪を犯した者を捕えるより、罪を犯させぬようにするのが町方のつとめであると言っているとか、気障な男だと思ったものだ。

桐屋に乗り込んで十左衛門の命を救い、人殺しの罪人を一人減らすつもりなのだろうが、笑わせてくれる。十左衛門の命など、誰がねらうものか。

十左衛門は、久江の軀を横取りした男だ。久江の心を盗み取って、心だけではなく軀も取り返せぬようにした男だ。十左衛門を殺してやって、久江のあとを追わせることはない。

結城拙斎という町医者は、うまくことをはこんでくれたようだ。言われた通りに『御用心』と書かれた紙を見せ、幼い孫が巻き込まれるようなことがあってはいけないと言ったのだろう。

今、十左衛門に親しい身内は孫の周太しかいない。聟の周次郎が他界しているとは思わなかったが、女房に先立たれ、一人娘を失って、身内がいなくなるとはどういうことか、多少わかってきた筈だ。

そう、一人で生きるつらさは、並大抵のものではない。桐屋とは長いつきあいで、十左衛門の妻が患った時は無論のこと、奉公人が風邪をひいて熱を出しても診に行くという結城拙斎でさえ、最後には女房と子供の命を選んだ。言う通りに動くと答えたのである。ただ、そこまでが長かった。迷うなと言って、一人暮らしのつらさを教えてやりたいくらいだった。

女房と子供に刀をつきつけられ、ちょっとした使いを頼むと言われて、桐屋とのつきあいがどうのと言い出す方がおかしいのだ。女房を失った暮らしを考えてみるがいい。子供がいなくなった毎日を、ほんの少しでも頭に描いてみるがいい。一日十二刻が、どれほど長くなることか。どれほどあじけなくなることか。

耐えられるものではない。まして久江は、心を十左衛門にあずけたまま逝ってしまったのだ。

桐屋の店先に人影が見えた。はじめに出てきたのが番頭、次に出てきたのが拙斎、拙斎と手をつないでいるのが十左衛門の孫で、そのあとから出てきたのが十左衛門だ。

十左衛門は、しきりに頭を下げている。拙斎に、何卒よろしくと言っているのだろう。あやしい紙切れを見つけた拙斎を疑いもせず、十左衛門に孫をあずけてしまえと言う森口慶次郎という町方も、評判ほどの男ではなさそうだった。笑いたくてならないが、笑うのはあとにしよう。まず、拙斎の家に戻り、縛り上げておいた拙斎の女房と子供を、周太と同じ目に遭いたくなければ、しばらく番屋へ駆け込むなと脅かしておいた方がよい。

でも、笑いたい。十左衛門が泣きわめき、なぜ自分を残してみんないなくなってしまったのだと、頭をかかえて蹲る姿を思うと、今から大声で笑いたくなってしまう。

拙斎が、周太の手をひいて歩き出した。もう少しの辛抱だ。もう少しで、腹をかかえて笑えるようになる。

周次郎の法要の日に、『御用心』の紙が台所に落ちていたことは、ごく限られた者だけが知っている。おちかが『御用心』の紙を見せた翁屋与市郎、与市郎にその紙を渡された慶次郎と晃之助、辰吉、それに桐屋の番頭と十左衛門くらいのものだろう。が、拙斎は、「大変だ」とわめいて、番頭に『御用心』の紙を見せたという。慶次郎は、「孫が巻き込まれぬように」と拙斎が言うのを聞いて部屋の外へ出た。どこへお行きなさるのですかと尋ねるようなしくじりを、さすがに十左衛門はしなかった。

おそらくは慶次郎の姿を目で追うこともせずに、拙斎の話を聞いていたことだろう。

台所にいた女中に、拙斎の家を尋ねた。隣町の医者で、表通りを真っ直ぐに歩いて行けば、『本道』の看板がかかっているのですぐにわかるということだった。

裏木戸から外に出ようと思ったが、どこに安兵衛の目があるかわからなかった。女房と子供を枷にして、拙斎にへたな芝居をさせたにちがいないが、安兵衛が人質に刀を突きつけたまま、拙斎の帰りを待っているとは思えなかった。安兵衛は、妻の久江に裏切られている。女房と子供を人質にとられていても、拙斎が自身番屋へ駆け込むのではないかと不安になり、尾けてくる見込の方が大きいのである。

木戸を開けると、路地をはさんで隣家の葉茶問屋の木戸があった。慶次郎は、桐屋の女中に隣家の女中を呼んでもらった。女中達が往き来しても、路地を窺う人の気配はない。慶次郎は、隣家の女中と一緒に葉茶問屋の裏庭へ入った。

女中に主人を呼んでもらい、手短かに事情を話して、客を装って店から出してもらうことにした。一人ではかえって目立つだろうからと、主人は内儀に曲がり角まで送って行くように言った。

角を曲がると遠まわりになるが、やむをえない。内儀と別れて、慶次郎は拙斎の家へ向った。十左衛門が周太をあずけるのをためらったりして、時を稼いでいてくれる筈だが、急いだ方がよい。慶次郎は、桐屋の台所にあった、鼻緒がゆるくて歩きにくい草履を脱ぎ飛ばして走った。

医家の看板の下の路地へ飛び込んで、裏口の戸に手をかける。錠はおろされていず、一寸ほど開けた隙間に耳をつけると、家の中は静まりかえっていた。病人がこないように、表口を閉じているのかもしれなかった。

慶次郎も、音をたてずに戸を開けるすべを知っている。盗っ人のように足音をしのばせて、台所の板の間から弟子が寝起きしているらしい部屋へ入って行った。柱に女房と子供がくくりつけられていた。

縄をといてやった女房は、礼も言わずに部屋を飛び出して行く。うめき声が聞えてきた。弟子が傷を負わされて、病人達が診立てを待つ部屋に倒れていた。裏口の戸の開くのを待って、表口から番屋へ走って行くよう拙斎の女房に言っていると、その戸の開く音がした。女房と子供は、弟子を両側から支えて外へ出て行った。慶次郎は、裏口へ駆けて戻った。土間に立っていた安兵衛が、飛び出してくるような目で慶次郎を見た。

「逃げろ、拙斎。女房と子供は番屋にいるぞ」

慶次郎は、板の間を蹴って刀を振りおろした。安兵衛は大きくのけぞって、その隙に拙斎は周太の手を引いて逃げて行った。

「許せぬ」

　飛び出してきそうな目が、異様な光を帯びた。

「何も知らずに脇から飛び込んできおって」

「おおよそのことは知っているよ。お前が人殺しだってことも」

「言うな」

　やぶれかぶれとも思える鋭い突きだった。慶次郎はかろうじてかわして、廊下につながる板の間に立った。

「貴様は、十左衛門が久江を奪ったことを知っているか。久江は、わたしのたった一人の身内だった。兄弟も子供もいないわたしの、たった一人の身内だったのだぞ」

「十左衛門がろくでなしでなかったとは言わねえ。が、お前の女房は、十左衛門に殺されたのでもなけりゃ、おちかの告げ口がもとで死んだのでもねえ。手前で死んだのだ」

「何だと」

「おちかは、父親と別れてくれと、お前の女房に頼みに行ったそうじゃねえか。お前だけのものになれと言いに行ってやったのだ。が、お前の女房は、別れられねえと答えた。十左衛門との間柄は、前世からの約束事だと言ったそうだ。恨むなら、手前の女房を恨め」

「久江のどこがわるい。久江は、心底から十左衛門との縁を信じていたのだ」

「十左衛門に惚れたのがわるいたあ、俺も言わねえよ。が、十左衛門の娘をつかまえて、決して別れねえ、十左衛門とは前世からの縁があるのだと言うくらいなら、なぜ、お前に言わねえ。なぜ手前の父親に言わねえ。亭主に殺されても、父親に手討ちにされても、惚れた男は桐屋十左衛門ただ一人と啖呵をきりゃあ、おちかも黙って引き下がっただろうし、十左衛門だってぐらりときたかもしれねえんだ」

安兵衛は口を閉じた。

「それを何だ、自害なんぞしやがって。おちかの身になってみろ、可哀そうに、自分のせいで死んだと、どれくらい寝覚めがわるかったか知れやしねえ」

「自業自得だ」

「お前もお前だよ。おまけに、聟をとって子供が生れて、ようやく落着いた頃にあらわれやがって。おちかがお前について行ったのも、おちかの胸のうちにまだ、申訳ねえと思う気持が残っていたからにちげえねえ。いい娘じゃねえか、まったく。そんないい娘を殺しゃがって、十左衛門がどうぞ穏便にと言っても、俺が許さねえ」

「ふん」

　安兵衛は、肩をふるわせて笑った。

「町方風情に何がわかるってんだ」

「町方じゃねえ。寮番だ」

「何でもいいさ。お前に、たった一人の身内を失った気持がわかるわけはない。十左衛門から身内を奪ってやろうとは、この十年間ずっと考えつづけてきたが、十左衛門を殺してやろうなどは思ったこともなかった」

　安兵衛は、抜き身を床に放り投げて笑い出した。

「さっきから、笑いたくてたまらなかったのさ。わたしは、十左衛門のやつれはてた姿を見たい一心で、久江のいなくなった淋しさに耐えてきた」

　笑い声は、さらに大きくなった。

「森口とかいったな。お前だって見ただろう、人もなげだったあの十左衛門が、おちか一人を失っただけで、いっぺんに十年も年をとってしまったようにやつれてしまったのをさ。おかしくってたまらない。笑っても笑っても、笑いがとまらないよ。この上、周太の命を奪ってやったら、どうなったかわからない。淋しくって、狂ってしまったかもしれないんだぜ。あの十左衛門が、だよ」

確かに、十左衛門は人が変わってしまったかもしれない。一人娘の三千代（みちよ）を失った時、慶次郎も狂ったようにツネという男を追ったことがある。

「わたしが人殺しだって？　もう、笑わせないでくれないか。何事もなければ、麴町の手習い師匠で一生を、それも幸せに終えたわたしがこのざまになった。国吉安兵衛という男は、よってたかって殺されたんだ。久江を奪った十左衛門も、告げ口をしたおちかも、そっとしておいてくれればよいのに手討ちにしろと言いにきた久江の父親も、みんな人殺しだよ」

慶次郎も、刀を鞘（さや）におさめた。表口が賑（にぎ）やかになったのは、拙斎の女房が駆け込んだ番屋の当番が、市中見廻り中の同心を呼んできたのだろう。

「が、考えてみりゃ、あの身代だ。十左衛門が年をとっていてもいい、女房になりたいという女はいくらもいるだろう。笑っちまうぜ、ほんとに。俺が周太を斬（き）っても、十左衛門はひとりぼっちにはならない。今は一人でも、すぐ女房持ちになる」

「その通りさ。おちかを殺すなんざ大間違いだったんだ」

「そうかねえ」

安兵衛は低い声で笑った。

「世の中は公平ではないということを忘れていたよ。久江とわたしを殺した十左衛門は罪にならず、おちかを殺したわたしは罪になる」

「お前のおかみさんは、気の毒だが自害だよ。お前も、手前で手前を殺した。が、おちかさんは、もっと周太の面倒をみていたかったんだよ」

「どうにでもするがいい。わたしはどうせ死んでいる男だ」

慶次郎が口を開く前に、「森口さん、ご無事ですか」と言う定町廻り同心の声が聞えてきた。

一つ奥

下っ引の弥五の声が、「福井町一丁目の善七が」と言った。そのあとがよく聞きとれなかったが、殺されたと言ったにちがいなかった。それでなければ暁七つ前に、浅草から八丁堀まで飛んできはしない。くぐり戸を開けに行った飯炊きの男は、「寝つきがわるくなって、やっととろとろしたところだったのに」と、浅草での一大事を知らせにきた弥五に不平を言っていた。

門を叩く音で目は覚めていた。目のうしろに残っていた眠気も、「殺された」という聞えなかった一言でたちまち消えた。

飯炊きの男は、弥五を庭先へ連れてくるにちがいない。晃之助は、かたく目をつむった。気のせいかもしれないが、一度目をつむって開くと、明かりのない部屋の中でも天井の木目がよく見えてくる。

火打石の音が聞えた。いつのまに着替えたのか、皐月が行燈に火を入れている。廊下で火が揺れたのは、裏口から上がってきた飯炊きの男の手燭だろう。雨戸を開けにきたのだった。晃之助は、皐月が行燈の火をうつしてくれた手燭を持って廊下へ出た。

夜の明けぬ庭に弥五が蹲っていた。晃之助は、踏石の上の下駄をはいた。露にしめった下駄をはくのは、ひさしぶりだった。

死んでいる善七を見つけたのは、夜廻りに出た木戸番であったと弥五は言った。深夜九つに町内をまわった時は、男達の鼾が聞えてきそうなほど静かだったといい、言うまでもなく通りに遺骸などなかった。が、八つ半近くになって、妙な物音が聞えたような気がして番小屋の外に出た。その時、福井町の表通りには、野良犬の影すらなかったという。

が、木戸番は自身番屋の当番を呼び、一緒に町内をまわることにした。今思えば、あれが胸騒ぎというものであったかもしれないと、木戸番は言ったそうだ。そして、何事もないようにと念じていたにもかかわらず、善七の遺骸を見つけてしまった。銀杏八幡の境内に倒れている善七を見た時、木戸番と番屋の当番は、酔いつぶれて寝ていると思ったらしい。もと瓦葺職人の善七は、足に怪我をしたのがもとで仕事を失った。以来、それまでは飲まなかった酒を、朝から浴びるように飲んでいる。

暮らしの方は、小料理屋で働いていたこともある女房のおさいが、昼はめし、夜は酒という安直な店を出し、これが意外にも大繁昌しているので心配はない。が、おさいが質屋の暖簾をくぐるのを見た者がいる。板前を一人雇っただけで女中もおかず、昼も夜も働きつづけておさいが稼いだ金を、善七が片端から酒にしているらしいのである。

「昔の職人仲間を女房の店に呼んで、大盤振舞いをするようで」

と、弥五は言った。四文のひややっこや十六文の鰊(にしん)の煮付けで飲むとしても、三、四人も集まればかなりの支払いになる。善七に意見をしたこともある木戸番と番屋の当番は、「いい加減にしねえな」と手荒に、ことによると足の爪先(つまさき)で善七を揺すった。

善七の軀(からだ)が仰向(あおむ)けになった。手を貸して起き上がらせようとした木戸番の提燈(ちょうちん)が、善七の胸から流れているおびただしい血を照らし出した。木戸番と番屋の当番は悲鳴を上げて逃げ帰り、番屋の土間に蹲ったまま動けなくなった。辰吉(たつきち)へ知らせるため、天王町(てんのうちょう)まで駆けてきたのは、番屋にもう一人いた当番であったという。

「で、辰吉は」

「女房のおさいを探しています。縄暖簾の二階が住まいとなっているのですが、そこにいる筈(はず)のおさいがいないんで」

「わかった。すぐに行く」

晃之助は部屋へ戻った。乱れ箱に、着替えが用意されていた。

痩せぎすな女が、青い顔をして番屋に入ってきた。

そのうしろから辰吉が顔を出し、晃之助にかぶりを振ってみせた。女は上野新黒門町の造花職人の女房、おくらだった。おさい姉弟の幼馴染みで、ことにおさいとは仲がよく、今も往き来をしているという。その女の家にも、おさいは立ち寄っていないらしい。

番屋にはほかに、おさいの姉のおひさと弟の幸松、おさい姉弟にはいとこに当るおてるがいて、やはり血の気の失せた顔で坐っていた。おひさは今年三十五、芝源助町の大工の女房で、二十八になる幸松は、京橋炭町で表具師をしているという。いとこのおてるは新黒門町の表具師に嫁いでいて、亭主は幸松の兄弟子だった。ただ、女房どうしのつきあいがないので、幸松とおてるの亭主も顔を合わせる時があれば挨拶をする程度の間柄となっているようだった。

先刻顔を見せた弓町の太兵衛の話では、おひさも幸松も、近所の評判は非常によいらしい。父親とも母親とも早く死に別れ、姉弟には叔父に当るおてるの父親にひきとられたというが、僻みとかそねみとかいうものには無縁のところで育ったのだろう。

晃之助は、おひさと幸松が番屋へ入ってきた時、おさいの大家が挨拶をしたのを思い出した。おさいの家へ遊びにくるたびに、姉弟は大家へ挨拶に行っていたという。

「娘さんや倅さん達は元気かえ」

と、大家は尋ねていた。おひさには娘が三人、幸松には倅が二人いるが、子供のいないおさいは、始終その子達を連れてきては泊らせていた。善七が瓦葺職人として働いていた頃のことで、善七も子供達を湯屋へ連れて行ったり、金魚を買ってやったりしていたのだそうだ。大家も飴の一つくらいは買いあたえていたのかもしれない。

「それがなあ、こんなことに」

と、大家がひとりごちた。晃之助と同じようなことを考えていたようだった。

善七が怪我さえしなければ、姪か甥の一人をわが子とし、善七はその子に小遣いをねだられ、おさいは手跡指南所へ通う子の弁当のお菜に頭を悩ませて暮らしていた筈であった。だが、それが、一人は命を絶たれ、一人は行方知れずとなってしまったのだ。

善七が怪我を負ったのは、八年前だった。修理を頼まれた葉茶問屋の屋根の瓦が、突風にあおられて落ちてきたのである。瓦は庭の石燈籠に当り、割れてはずんで善七の足に刺さった。善七二十七、おさいが二十四の春だった。

あとに残る怪我だとは誰も思わなかった。一月もすれば、善七はこれまでのように屋根にのり、大風にもずれない瓦葺の腕を見せてくれるものと思っていた。なのに、夏が過ぎ秋となっても、善七の足は意のままにならなかった。歩く時でさえ、ひきずるようになっていたのである。

八年か――と、晃之助は胸のうちで呟いた。

おさいが小さいながらも店を出し、昼も夜もなく働きはじめた時は、善七もおさいに感謝していただろうが、日がな一日その二階でごろ寝をしていれば、癇癪を起こしたくなることもあったにちがいない。まして、おさいは男の客達に愛想をふりまいているのである。おさいの方も、腕のよい職人が仕事を奪われたのだから飲みたくなるのは仕方がないと、亭主の気持を推し量っていられたのははじめのうちだけだったのではないか。おさいから小遣いをもらえなくなった善七は、仕入れの金にまで手を出したというから、誰のために苦労をしているのだと亭主をなじったこともあった筈だ。

おさいは、弟の幸松によく似ているという。おとなしげで、整った顔立ちの女が庖丁を両手で握りしめている光景が、ふっと脳裡をよぎった。

「甚兵衛は、まだ帰ってこねえのかな」

と、辰吉が言った。

甚兵衛は、おさいが雇った板前であった。二十七か八になるそうだが、いまだに独り身で、長屋の差配の話では、昨夜は吉原へ出かけたらしい。小見世に馴染みの遊女がいるとかで、遊女の方が、長身で気風もわるくない甚兵衛に夢中なのだという。辰吉は、おさいと善七の喧嘩を甚兵衛がとめようとして刃物沙汰となり、おさいと甚兵衛が逃げたという筋書を考えたようだったが、差配の言う通り吉原で一夜を明かしているのであれば、甚兵衛はまだ、善七が死んだことすら知らない筈だった。

戸を開け放したままの出入口から、髭を剃る暇もなく飛び出してきたらしい男の顔がのぞいた。甚兵衛だった。「弓町の親分が」と低声で書役に言っている。太兵衛が遊女の達引で泊まっていた甚兵衛を見つけ、事件を知らせてやったらしい。甚兵衛は、髭面の男くさい風貌に不似合いなほど、緊張に軀を震わせていた。

「旦那が一大事だと聞きやしたが」

と、甚兵衛は言った。

「あの、まさか、女将さんが」

頭の中にあっても誰も言えなかったことを、甚兵衛はあっさり口にした。

「そんな、ばかな」

おひさと幸松と、おさいの友達のおくらが同時に言った。時がたつに従って濃くなってくる疑いを消すための、大声だったのかもしれなかった。

「おさいが善さんをどうにかするなんて、そんなばかなことのあるわけがないじゃありませんか。あの子が辛抱強いのは、甚さんが一番よく知っているだろうに」

「へえ」

とうなずいて、甚兵衛はちらと晃之助を見た。おさいに不満があったのかと思ったが、そうではなかった。「何もかも申し上げてしまえ」と辰吉に言われてふたたび口を開いたが、出てくるのは、おさいへの褒め言葉ばかりだった。あんなにできた人はいないというのである。善七に店の酒を飲まれてしまった時も、仕入れた魚を土間に叩きつけられた時も、おさいは、善七にむしゃぶりついたりはしなかった。「わたしにわるいところがあるのならあやまるから、お客が楽しみにしている酒や魚には手をつけないでくれ」と、頼むように言っていたという。見ていてじれったくなったと甚兵衛は言ったが、その気持はよくわかる。善七もおさいの貞淑ぶりに苛立つこともあっただろうと、晃之助は思った。

が、おくらは、首をすくめて言った。

「善さんも、昔はあんな風じゃなかったんですよ」

「まったく、おさいのどこが気に入らなかったのか」

と、姉のおひさが言った。

「善さんがお客に出すお酒を飲んじまったり、食べものを泥だらけにしちまったりするものだから、同じものを二度買わなければならなくなって。だから、おあしが足りなくなっちまうんです。どこでどう狂っちまったのか、おさいが善さんと所帯をもった時は、いい人を見つけたものだと羨しくなったものですけどねえ」

「いいことばかりはねえさ」

「でも、極楽から、いきなり地獄ですよ」

おひさは袖口で涙を押えた。

「善さんと一緒にならなければ、こんなことにならなかったのに」

「一緒になっても、俺達の言うことを聞いて、さっさと別れちまえばよかったんだ」

「おさいちゃんは辛抱強かったからねえ」

「ろくに愚痴もこぼさないんですよ。姉のわたしには、腕のわるい職人さんのいたのが恨めしいと言ってましたけど」

善七が葉茶問屋へ呼ばれたのは、新しく建てられた家の瓦葺ではなく、修理だった。知り合いの職人に頼んで葺いてもらったが雨漏りがする、善七ならなおしてくれるだろうと呼ばれたのだという。雨漏りがするのはあのあたりだと、葉茶問屋の主人の説明を聞いている時に、突風が吹いたのだった。

姉弟といとこと板前、それに仲のよい友達は何を言いたいのだろうと晃之助は思った。今のところ、おくらをのぞく四人は、おさいを褒めている。甚兵衛はおさいに特別な気持を抱いているのかもしれないが、身内の三人は、おさいが善七を殺害してしまった時を考えているのではないだろうか。おさいをこの上ない善人にしておけば、おさいがもし善七を殺害していても、可哀そうに、気の毒にと同情を集めることができる。

「葉茶問屋の旦那にも、ずいぶんと心配していただきました。善七さんに、お見舞いのお金も渡してくれなすったし」

「見舞いの金？」

「ええ、かなりのお金でした。安酒を飲ませるようなところですが、おさいが店を出せたのもそのお金があったからなんです。善さんは、自分が怪我をしてもらったお金を全部、おさいに渡しちまいましてねえ」

「渡しちまいまして？」

おひさが口にした最後の言葉を、晃之助が繰返した。おひさは妙にうろたえて、おてるが口許に苦笑いを浮かべた。おてるは事情を知っているようだった。

「いえね、おひささんとこで、ちょっとお金のいることがあったんでございます。けど、善さんが、これはおさいのためのお金だって、そう言ったんでございます」

「申し上げますが、そのことで善さんを恨んじゃおりません。これからおさいの荷物になるのだからと言って、全部のお金を妹に渡してくれたのでございます。これで妹のことを心配しなくてもよくなったと、わたしはほっとしたくらいですから」

「ふうん」と言いかけて、晃之助は苦笑した。他人の話を聞いている時の慶次郎と、よく似ていた。

「それより、おてるちゃんのご亭主も、善さんに会いに行ったじゃないか」

お金のいることがあったと暴露された仕返しなのかもしれない。おひさが言って、おてるは耳朶まで赤くなった。

「そりゃあの時は小僧が掛軸にしみをつけて、弁償をしなければならなかったから、夢中で善さんを頼ったらしいけれど、一年たたぬうちに返したよ」

「返した」ということは、善七から金を借りたということでもある。

「善さんて、案外に俠気があって、うちの亭主が首をくくって死ななけりゃならないと言うのを聞いて、黙ってお金を出してくれたんだよ」

幸松までが、確かに善七はいい男だったと言っている。面白いものだと思った。たった今まで、おさいが善人であったのだが、その潮がすっと引いて、善七には俠気があったという波が押寄せている。その男をおさいが殺したのではないかと言えば、たちまちまた、おさいが善人となるにちがいなかった。

「おてるちゃんがお金を返してくれなかったら、おさいは甚兵衛さんを雇えなかったかもしれないよ。愚痴を言わないおさいが、あのお金がありさえすればと言ったことがあるもの」

「いえ、わたしは、そんなに沢山の支度金をくれと言った覚えはありませんよ」

「だから、うちも食うや食わずでお金を返したんですよ。善さんは、そのお金をまた、みんなおさいちゃんに渡しちまったんだろう?」

「そうだよ。だから、おさいは、善さんがお酒を飲もうが女の家に行こうが、何も言わずに辛抱していたんだ」

「女?」

辰吉が口をはさんだ。

「初耳だな。聞かせてもらおうか」

おひさと幸松と、おてるが顔を見合わせた。おさいへの疑いを濃くしてしまったと気がついたのだろう。

「私から申し上げます」

と、おくらが言った。

「善さんは、おしんさんという幼馴染みと会っていたんです。私は会ったことがありませんけれど、おしんさんという人も足に怪我をして、お嫁にいった家から戻ってきたんだそうです」

「どこに住んでいる」

「瓦町で」

と、これは甚兵衛が答えた。

「瓦町の裏店で、母親と二人で暮らしていやす」

立ち上がろうとした辰吉に、太兵衛が目配せをした。瓦町へは太兵衛が行くというのだろう。

太兵衛と入れかわりに、つめたい風が入ってきた。晃之助は、甚兵衛を見た。瓦葺職人の女房が、小さいとはいえ店を出したのである。わからぬことが多い筈で、そんな時に頼りにするのは、板前の甚兵衛だっただろう。しかも、甚兵衛はおさいに好意を抱いていたらしい。善七がおしんという女に近づいた原因は——と、ふと思ったのだった。

それにと、晃之助は思った。あらかじめ落ち合うところをきめておいて甚兵衛が善七を殺害し、吉原へ行って、その間におさいが遠くへ逃げてしまう方が、疑われずに一緒になれるかもしれない。

が、甚兵衛はかぶりを振った。

「よしておくんなさい。女将さんは、働くところがなかったあっしを拾ってくれた恩人です。旦那だって、はじめっからあんな風だったわけじゃねえ。あっしだって、恩人夫婦の間に首を突っ込んじゃいけねえってことくらい、わきまえてまさ」

「だから、吉原へ通いはじめたんだろう？」

「その通りですが、町方の旦那だって、言っていいこととわるいことがありまさ。人が胸ん中へ押し込んでいるものを、ひきずり出したりしねえでおくんなさい」

辰吉が晃之助を見た。平穏無事に暮らしているようだが、それぞれにいろいろあるようでさ、辰吉の目はそう言っていた。

「知らなかった。甚兵衛さんがおさいをそこまで思っていたなんて」

「善さんの、あのでたらめぶりを見ればね。おさいちゃんだって、憎からず思っていたんじゃないかしら」

「あの」

それまであまり口をきかなかったおくらが、辰吉を見て言った。

「あの、わたしは、おしんさんのことで、おさいちゃんは善七さんを恨んでいないと思います」

「どうして」

「だって、おさいちゃんは、昔ほど善七さんを好いていないと思うんです」

辰吉が口を開こうとしたのを、晃之助は目配せでとめた。おくらに、おひさがにじり寄っていた。

「おくらちゃん、それを聞いたら、おさいが泣き出すよ。お前の言い方では、おさいがふしだらな女のようじゃないか」

「ふしだらとは言わないけれど。おさいちゃん、お店を出してから、みるみる綺麗になったじゃありませんか」

「ま、そりゃね」と、おひさもおてるも、幸松もうなずいた。

「うちの亭主は、おさいちゃんのお店へ通っていたんですよ。うちの亭主も、おさいちゃんのことは昔っから知ってるので、昔馴染みの店を繁昌させてやりてえだけだなんて言ってたけど、ほんとのところはそうじゃない。おさいちゃんが綺麗になって、わたしが煤けてきたものだから、おさいちゃんのそばへ行きたくなったんですよ。おさいちゃんには、口惜しいから黙ってたけど」

おくらはそこで口を閉じたが、誰も何も言わなかった。辰吉も、腕を組んでおくらを見つめている。

「だから」

と、おくらは言った。

「善さんは、おしんさんていう人のところへ行っちまったんですよ。うちの亭主が煤けたわたしに嫌気がさして、綺麗なおさいちゃんに会いに行きたくなったのと反対に、善さんは、自分と同じように足の怪我で家にひきこもっちまったおしんさんの方が、一緒にいると落着けるようになったんですよ。綺麗になって、男からちやほやされているおさいちゃんよりね」

「それなら、おさいを殴ることはないじゃないか」

「その通りだ。おさい姉さんが働いている間に手前はおしんに会っていて、あげくが殴る蹴るじゃ、おさい姉さんの立つ瀬がねえ」

「みんな、そういう風に言いなさるんですよ。おさいちゃんは苦労している、できれば何とかしてやりたいって。おさいちゃんのお店がずっと繁昌しているのも、そのせいじゃありませんか」

「それだけじゃねえよ、おくらさん。店の繁昌は、おさい姉さんが朝も昼も夜もなく、一所懸命に働いているからだ」

おくらは、かぶりを振って俯いた。

「うちの亭主は、おさいちゃんと所帯をもてばよかったと、わたしに言ったんですよ。ええ、そういうことが言えるようになるまで連れ添ってきたんだってことはわかってます。わたしにゃ、おさいちゃんと一緒になりたいと言えても、おさいちゃんに、おくらと別れるから一緒になってくれなんて言えるわけがない。でも、そう言われりゃ腹が立つじゃありませんか」

おひさもおてるも幸松も、そして甚兵衛も、また申し合わせたように黙っていた。

「わたしが面白くないんだもの、善さんは、もっと面白くなかったにちがいないんだ」

と、おくらは言う。

「何をしたって、おさいちゃんが可哀そう、おさいちゃんはあんなにいい女なのにっていう評判の種になっちまうんだもの。わたしには、おさいちゃんを殴りたくなった善さんの気持がよくわかります」

「が、おかみさんは」

と、甚兵衛がかすれた声で言った。

「旦那とは別れねえと言ってなすった。この店の主人は善七、わたしは一生善七の面倒をみると、口癖のように言ってなすった」

「そりゃそうだろう」

辰吉が、おひさもおてるも幸松も黙っているとみて、口をはさむ。

「善七と別れちまえば、可哀そうな女ってえ評判は消えてなくなるわけだからな」

「そうなんです」

おくらが辰吉を見てうなずいた。

「だから、おさいちゃんは人殺しなんかしない。おさいちゃんは、善七さんに生きていてもらった方がいいんです。いなくなったのは、きっと、人殺しの男に脅されたかして……」

旦那(だんな)――。

太兵衛の声だった。おしん親子を連れてきたのだろうと思ったが、太兵衛は一人だった。

「今朝早く、おしん親子は墓参りに出かけたというので、下っ引に追いかけさせましたが、寺には行っちゃいません」

晃之助は、太腿(ふともも)を力まかせに叩(たた)いて立ち上がった。

「ところがね」

　太兵衛が苦笑した。

「思いがけねえ人がおしんの家の戸棚の中におりやした」

　太兵衛のうしろには下っ引らしい男がいた。三十二、三になるのだろうか、下っ引をしているのが不思議なほど穏やかな顔つきの男で、その男が隣りに立っているらしい者の背を押した。泥まみれの着物の女が、よろめきながら番屋の中へ入ってきた。小柄で、華奢(きやしや)な軀(からだ)つきの、目鼻立ちの整った女だった。おさいにちがいなかった。

　女達が悲鳴のような声をあげながら土間へ飛び降りて、幸松と甚兵衛は立ち上がったものの呆然(ぼうぜん)とおさいを見つめていた。誰もが、おさいは善七を殺害したと思ったようだった。

「申訳ありません」

　おさいは土間に蹲(うずくま)った。骨のない生きものが、土の上へくずれたように見えた。

「お手数をおかけいたしました」

　おさいは、骨が溶けてなくなってしまったような軀を、やはり骨がなくなったような腕で支えた。

「おしんさんに会ったら、番屋へ自訴するつもりでおりましたが」

晃之助は上がり口へ立って行って、黙っておさいを見た。おさいは今、「おしんさんに会ったら」と言った。亭主を殺した女ならば、「おしんの命も奪ってから自訴するつもりだった」と言うだろう。

おさいに、晃之助の視線を受けとめる気力はないようだった。頭を下げたのか、くずれてしまったのか、わからないような恰好で、「あの、善七は自害でございます」と言った。

誰も何も言わなかった。「そうか」と答えるつもりだった晃之助も黙っていた。

「いえ、わたしが殺しました」

そんなばかな。やっぱり。

二つの言葉が同時に聞えた。「そんなばかな」と言ったのは身内、「やっぱり」と言ったのは、番屋の当番と書役のようだった。

「話してみねえ」

と、晃之助は言った。

昨日の夜――と、おさいはかすれた声で話しはじめた。

「昨日の夜、店を閉めて甚さんが帰ったあと、善七が戻ってきたのです」

おさいは、小上がりの座敷で売り上げの勘定をしていた。いつものように調理場へ入って行き、残りの酒を探している善七の姿が目の端に映ったが、知らぬ顔をしていた。放っておけば勝手に残り酒を飲み、動く気がなければ小上がりで、まだ歩けるのならおしんの家へ行って眠るだろうと思った。

が、残り酒を見つけた善七は、それを片口の器にうつし、片口と湯呑みを両手に持って戻ってきた。しかも、おさいの前に腰をおろして「話がある」と言ったのである。

「別れてくれと言うつもりだと、すぐにわかりました」

うなずくつもりはなかった。善七とは、惚れ合って所帯をもった仲だった。善七が怪我をしてから、夫婦ではないと言っていい暮らしがつづいているが、さほど不都合なことはない。むしろ、善七の素行のわるさが評判になって客もふえている。おさいが善七の行動に目をつむり、善七がおしんの家へ出かけて行く面倒をいやがらなければ、別れる理由はないのである。

が、震える手で片口から湯呑みに酒を移している善七を見ているうちに気が変わった。

もういい。

そんな風に思えてきたのである。

もういい。おしんがこんな男と一緒になりたいというのなら、くれてやる。

「お前さんが、どうしてもおしんさんと所帯をもちたいというのなら仕方がない。去り状を書いておくんなさいな」

お前と俺は別れた方がいい、お前に迷惑をかけたくないなどと、くどくど言っていた善七の言葉がとぎれた。殴られるのかと思ったが、善七は黙っておさいを見つめていた。

ややしばらくたってから、善七は、「わかったよ」と言った。そう言って、またしばらくたってから、土間へ降りた。「行かないでくれ」とおさいが言うのを待っているように見えたし、おさいののどもとにも、その言葉は上がってきていた。上がってきていたが、おさいは、善七と縁を切るちょうどよい機ではないかと自分に言い聞かせてもいた。

「わかったよ」

善七はもう一度そう言って、店の外へ出て行った。追いかけたいと思ったが、軀が動かなかった。

どれくらいの間、売上の帳面を見つめていたのかわからない。突然涙がこみ上げてきて、おさいは立ち上がった。善七なんか、おしんにくれてやると思った胸のうちのもう一つ奥に、おさいのほんとうの気持があったのだった。

「夢中でおしんさんのうちへ走りました。今頃おしんさんと善七が、これで晴れて一緒になれるなどと言っていると思うと、妬ましさと口惜しさと情けなさで、胸がほんとうに裂けてしまいそうでした」

出入口の戸を力まかせに叩くと、思いがけず明かりが洩れて、戸が開けられた。おしんは、おさいに部屋へ上がれと言った。おさいから善七を取り上げた優越感にひたっていたのかもしれなかった。

が、追ってきたおさいを見て、善七が豹変した。

すまねえ。

と、おしんに言ったのである。おさいは善七の隣りに坐り、善七の肩に頬をつけて泣いた。善七の手が、何年ぶりかでおさいを抱いた。

「わたしは、いきなり善七に押し倒されました。また殴られるのかと思ったらそうじゃない、おしんさんが出刃庖丁を持ってきたのです。逃げろという善七の声は、確かに聞いているのですけれども」

そのあとのことは、よく覚えていないという。気がついた時は、泥まみれの着物を着て、裸足で歩いていた。

「わたしは、善七が出刃庖丁へ向って行ったような気がするんです。それで、おしんさんの家へ戻ったのですけれども、誰もいない。でも、大きな血溜り(ちだま)があったし、善七さんが殺されたらしいという近所の人達の話し声も聞きました。とにかくおしんさんに会って話を聞こう、事と次第によっては敵(かたき)を討とうと思ったのですが」

おさいの頬を大粒の涙がつたった。

「わたしが別れてもいいと言わなかったら、いえ、お店なんかどうでもいいから、もっと善七を大事にしていたら、こんなことにはならなかったんです。まったく、わたしのばかさ加減が知れない。わたしは、こんなに善七が好きだったのに」

晃之助は、足許(あしもと)のおさいから天井へ視線を移した。自分はこれほど涙もろい男ではない筈(はず)だと思った。が、耳に大勢のすすり泣きが聞えてきた。

赤まんま

やはり、捨てよう。

懐を押えてつぶやいた。懐の財布には、赤まんまの簪がはさんである。木曾屋丞右衛門が、おみちのためにつくった簪だった。

が、おみちがこの簪をさしたことはない。おみちがあの世へ旅立ったのは十七の時で、丞右衛門はまだ丈吉という名の持主で、十九だった。当時の丞右衛門、丈吉に、小粒の珊瑚で赤まんまの花をかたどる贅沢な簪のつくれるわけがない。簪は、丈吉が材木問屋木曾屋の暖簾を出し、丞右衛門となのるのとほぼ同時に、職人を選んでつくらせた。こんな細工をさせてもらって幸せだと、その職人は、簪を丞右衛門に渡してしまうのが惜しいような顔つきで言った。

値のつけようがないと、偶然簪を目にした日本橋田所町の古道具屋、翁屋与市郎は目を見張った。珊瑚や赤まんまの葉をかたどった金そのものは別にめずらしくないが、これほどの細工は見たことがないというのである。

その筈だと思う。よい細工のものを売ると評判の何軒かの小間物問屋へ飛び込んで、職人の名前を聞き出したのだ。どこの小間物問屋もあまりいい顔はしなかったが、三十の若さで日本橋新材木町に店を出したという評判が後押しをしてくれた。蜆売りの丈吉でも、中間の丈吉でも、ことによると仲買の丈吉でも相手にしてもらえなかっただろう。四人の名前を教えてもらい、その職人のつくった簪を買ってじっくりと眺め、芝日影町通りの小間物問屋が教えてくれた錺職を選んでたずねて行った。錺職は、十一年前の約束を守りたいという丞右衛門の言葉に感動し、手間賃なんざいくらでもいいと言って、この簪をつくってくれたのだった。

でも、いっそ捨ててしまいたい。

ふっとそう思ったのは、江戸へ出てきた木曽の人達をもてなすため、夕暮れの道を上野へ急いでいた時だった。

思いきって、不忍池へ投げ込んでしまおうか。

まさか。

死ぬまでに一度でいいから、きれいな簪をさしてみたいとおみちは言った。「買ってやるさ」と、丈吉は言った。本気だった。

「俺あ、いつまでも旗本屋敷で草鞋を編んじゃいねえ。大儲けをして、必ず目抜き通りに店を出す。そうなりゃお前は、お内儀だぜ。簪くらい、いくらでも買えらあ」

「わたしね、赤まんまの簪が欲しいの」

珊瑚で花をつくって、金の葉を一枚だけつけるのだと、おみちは言った。その時のおみちは、小石川養生所の病人長屋にいて、養生所の庭の犬蓼、赤まんまが風に揺れるのを眺めていた。丈吉の記憶にある幼い頃のおみちは風邪ひとつひかず、おてんばで、赤まんまが思いきりのびた空地を走りまわっていたのだが。

「つくってやるさ。いや、お前が錺職へ頼みに行きゃあいい」

「でも、こんな軀じゃ行けないもの」

丈さんがお店を出すのを、わたし、待ってる、待ってるから、必ず赤まんまの簪をつくってねと言ったのは、早く店を出すようになれという、おみちなりの励ましだったのだろう。だが、甘えるようなことも言った。

「その時、もしわたしが死んでいたら、簪を位牌の前に置いてね。お墓に埋めちゃいや。簪をさしたわたしを、丈さんに見てもらえないような気がするんだもの」

いじらしかった。その通りにすると丈吉は言って、指きりもした。養生所にいられるのは八ヶ月間だったが、おみちは、五ヶ月あまりも残して他界した。以来、材木問屋の暖簾を出す三十歳まで、おみちとの約束を忘れたことはない。店を出して、錺職の家へ走って、簪をおみちの位牌に供えてから二年がたつ。

わずか二年後に、約束は守ったのだからと自分に言訳をするようになった自分が情けなかった。その上、簪を届けにきてくれた時、錺職の目は赤く血走っていた。何も言わなかったが、夜を徹してつくってくれたにちがいなかった。問屋からも好事家からも注文の絶えぬ職人が、他を断ってつくってくれたのである。捨ててよい理由はどこにもなかった。

だが、簪は日々、重くなる。位牌の前にあったのを絹でくるんで桐の箱に入れ、簞笥の引出にしまっても、重くなってゆくのである。錺職の家へ向う時、ひょっとして将来――という不安が頭をかすめなかったわけではないのだが、そんな不安など、おみちとの約束を守ることができた嬉しさにくらべれば、どれほどのものでもなかった。それが今は、自分一人だけの安手な満足であったような気がするのである。

捨てよう。錺職の親方には申訳ないが。

墓に埋めるのは、自分が見たくないものをおみちに押しつけることになる。泉下のおみちを怒らせるだけだろう。幸い、今日は深川へ行く。深川材木町の問屋が、注文をうけた檜の数を揃えられず、手許にある木材と交換してくれぬかと言ってきたので、どれくらいの質のものを揃えているか、見に行くのである。小僧を一人連れて行くが、両国橋の欄干に寄りかかって、懐のものを落としたふりをしても、さほど怪しみはすまい。

　赤まんまの空地を走りまわっているおみちの姿が脳裡をよぎった。養生所の薄い布団に横たわって、丈吉のくるのをひたすら待っていたおみちの姿も通り過ぎて行った。どうする。

　と自分に問いかけそうになった自分にかぶりを振って、丞右衛門は財布が入っているあたりを軽く叩いた。出かけるという合図だと思ったのか、着替えを手伝っていた女中が、大声で小僧を呼んだ。


　人の気配がして目が覚めた。一瞬、佐七だと思ったが、そうではなかった。雨戸が閉ざされていてもどこからか光が入っていて、ぼんやりと部屋の中が見える。枕許の乱れ箱とその向うにある衣桁は、上野仁王門前町の料理屋花ごろものものだった。気配の主は、お登世にちがいなかった。

　階下からは、板前や女中達の声が聞えてくる。慶次郎一人が寝過ごしたようだった。寝床の上に起き上がると、今度はその気配がお登世につたわったのだろう。笑いを含んだ声が、「お目覚めですか」と言った。

「雨戸を開けましょうか」

「頼む」

雨戸が敷居を滑る音がして、部屋へ斜めに陽が射してきた。

「何刻だ」

「まだ朝のうちです、五つ半ですけど」

二階の掃除にかからねばならない時刻だった。慶次郎は、急いで着物を着て廊下へ出た。お登世は、雨戸をすべて戸袋へ入れたところだった。

「お食事は、下の奥座敷に用意するよう言っておきました」

「わかった。すぐに顔を洗う」

階段を駆け降りると、すれちがった女中のおすみが、「旦那がお目覚めですう」と声を張り上げた。味噌汁を温めろと知らせたのかもしれないが、二階の掃除をはじめられるという意味もあったにちがいない。裾を端折って姉様かぶりのおちよが、箒とはたきを持って帳場からあらわれた。おすみはそのまま土間へ降りて行って、障子の桟を拭いている。

調理場もいそがしいにちがいなく、朝飯の支度をさせるのが申訳ないような気がしてのぞいてみたが、板前はもう鍋を火にかけていた。今頃になって味噌汁くらい自分で温めると言っても、かえって邪魔になるだけだろう。

　お登世が降りてきて、手拭いと歯磨きの総楊枝を渡してくれた。慶次郎は、追い出されるように井戸端へ行った。庭掃除をしていたらしい矢作が、高箒を持ったまま、ぼんやりと井戸を見つめていた。薪割りから客の使いまで、雑用をすべてひきうけているせいもあるだろうが、じっとしていることのない矢作にはめずらしいことだった。

「どうした」

　矢作は一度箒を動かして、あらためてその手をとめた。

「先刻、庭にあったのを抜いたのですが」

　指さした先に赤まんまがあった。井戸のうしろで、遠慮がちに赤い花を咲かせている。

「あれまで抜いてしまうのは、ちょっと可哀そうな気がして」

「ここなら誰も文句は言わねえだろう。そのままにしておいてやりねえな」

「そうですよね、ここへくるのは、おすみさん達や俺だけですものね」

　矢作はほっとしたように言って、箒を井戸にたてかけた。手桶に水を汲んでくれるようだった。

　あと二月もすると、井戸水から湯気がたつようになる。暖かく感じるようになるのだが、佐七は、同じ湯気がたっているのなら湯で顔を洗う方がいいと言う。早く帰らねば、その佐七の機嫌はわるくなる一方だった。

急いで顔を洗い、贔屓客がきた時に使う奥座敷へ行くと、お登世が待っていた。まだ客はこないから、あわてることはないと言われたが、一度ちらついた佐七の面影はなかなか消えてくれない。佐七による慶次郎の行動の色分けは、日帰りは八丁堀の屋敷、泊りは花ごろもとなっているようで、一夜明けてから帰ると、きわめて機嫌がわるいのである。孫の顔を見に行くくらいは許してやるが、ついでにどこかに泊ってくることはないというのが、佐七の言い分だった。

寮番であることを考えれば、佐七の言うことも一理ある。その上、上野へ行くと言うのがてれくさくもあって、寮を出る時はつい、「ちょっと八丁堀へ」と口の中で言ってしまう。事実、孫の八千代の顔を見たあとで花ごろもに寄っているので、まったくの嘘ではないのだが、佐七は、一晩泊りの時は花ごろもと思い込んでいるらしい。よちよち歩きの八千代と遊び呆け、八丁堀の屋敷に泊ってしまうこともないではないのだが。

が、昨日は八丁堀へ行かなかった。真っ直ぐに花ごろもへ行って帳場の隅に坐り、客の相手をしては帳場へ戻ってくるお登世が、ふとしなだれかかる時に漂う匂い袋の甘い香りの中にいた。八丁堀から上野と、真っ直ぐ上野と、佐七は区別してくれないが、慶次郎は区別してしまう。煎餅を、それも大好物の両国橘屋の初夢煎餅を買って帰らなければならないだろう。

早々に食事をすませて、花ごろもを出た。「いつも、あわててお帰りになるんですね」と、お登世が拗ねたが、寮番を称している者が上野だ八丁堀だと泊りに行く方がおかしいのである。「また山口屋の許しをもらってくるから」などという嘘が咄嗟に口をついて出て、慶次郎は苦笑いをした。

早足で両国へ向う。歩きながら、両国は一日三千両の賑わいであるといわれているのを思い出した。朝は青物市がたち、その商いで一千両、昼は見世物で一千両、夜は花火など、隅田川の夕涼みでまた一千両だというのである。昼の四つを過ぎた今は、広小路の見世物小屋が一千両を稼ぐ時で、芝居小屋や軽業の小屋、それに山奥やら深海やらで獲れた不思議な生き物を見せる小屋の呼び声が、おそらくは夜の一千両の一部を稼ぎ出しているにちがいない矢場の嬌声と一緒になって聞えていた。

あいかわらずの繁昌ぶりだったが、慶次郎は、その人混みを嫌って商家の軒下へ入った。が、そこも、思うようには歩けなかった。乾物屋や団子屋や、鼈甲の櫛笄細工所、蕎麦屋、薬屋などがならんでいれば、そこへ入って行く者も買い物をすませて出てくる者もいるのである。

蕎麦屋から飛び出してきた職人風の男と鉢合わせをしそうになって足をとめ、その男を目で追った慶次郎は、人混みの中にいる別の男に気がついた。片方だけの懐手で、当人はさりげなく歩いているつもりなのだろうが、前方を見据えている視線がまるで動かない。人に突き刺さりそうな視線の先には、三十一か二と見える男がいた。商家の主人かその跡取りか、軽くて着心地のよさそうな結城紬を着て、小僧を一人、供に連れている。

慶次郎は人混みに駆け込んだ。間一髪で間に合った。商人に突き当った鋭い目つきの男の手を、捻じり上げることができたのである。男の手は、厚みのある財布をつかんでいた。

「痛て。何をしゃあがる」

「何をしゃあがるとは、こっちの言うことだよ。一緒に番屋へ行くかえ。顔見知りの岡っ引は、このあたりにもいるんだよ」

「手、手前は」

掏摸はそこで言葉を飲み込んだ。慶次郎の顔を知っていたようだった。財布を慶次郎の足許へ落とし、手をふりきってたちまちできた人垣の中へ逃げ込んで行く。人垣はさっと二つに割れたが、掏摸の姿を飲み込んでしまうと、ふたたび両国橋へ向う人の波となって動き出した。「掏られたくなけりゃ、ぼやぼやするなってんだ」という捨てぜりふは、人波のうねりの向うから聞えてきた。

商人は、掏摸に狙われたことで動顚しているのかもしれなかった。地面に落ちた財布をぼんやりと見つめていて、拾い上げようとしない。商人にかわって拾いあげた慶次郎の足許に、今度は財布にはさんであったものが落ちた。

慶次郎は、もう一度腰をかがめて拾い上げた。簪だった。それも、珊瑚で赤まんまをかたどった豪華で可憐な簪だった。

「大事なものだろうに。気をつけなよ」

男はまだ、気が抜けたような顔をして立っている。慶次郎は、小僧に財布と簪を渡して歩き出した。佐七に、初夢煎餅を買って帰らねばならなかった。その背を男の声が追いかけてきた。

「もし。お人違いでございましたら、お許しを願います。森口慶次郎様ではございませんか」

足をとめてふりかえると、急ぎ足の男が突き当った。

「ごめんよ」

「いえ、こちらこそ失礼しました」

手代風の若い男だった。財布を掏られた男はたくみに人を避けて慶次郎に近づいてきて、誘うように菓子屋の横の路地へ入った。

「日本橋新材木町で材木を商っております木曾屋丞右衛門でございます」

聞いた覚えのある名前だった。が、男の顔に見覚えはない。

「あの、田所町の翁屋さんとは、親類同様のおつきあいをさせていただいております。旦那のお噂は、かねがね翁屋さんから伺っておりました」

思い出した。一月ほど前、翁屋与市郎がふかしたての饅頭を持って遊びにきて、さんざん養子の自慢をしていった。その時に、歌川国貞の団扇絵の会で知り合ったという男の話をしていった。その男の名が、木曾屋丞右衛門だった。

「今は、根岸で晴耕雨読のお暮らしをなさっておいでとか」

「ま、晴れた日は薪割りに庭掃除だが」

「え?」

「寮番をしているんだよ、山口屋っていう酒屋の」

「酒屋さんの寮にお住まいだとは聞いておりましたが」

翁屋与市郎は、昔、慶次郎が古い焼物や掛軸に凝った時、少々意地のわるい方法で慶次郎の眼力を知らせてくれた男だった。目利きには多少自信があったのだが、与市郎は「とても、とても」と思っていたらしい。店の奥からはこんできた茶碗を高い値で買いとった慶次郎に、翌日、「あれは偽物でしたが、お気に召したようすだったので」と知らせにきたことがあるのだ。近頃は、自称寮番の慶次郎を、あれでどこが寮番だと思っていたのかもしれない。木曾屋丞右衛門には、「晴耕雨読の気儘な暮らし」くらいのことを言ったのだろう。

その与市郎が丞右衛門について、「なかなか気持のいい男なのですがね」と苦笑いをしながら言った。

「三十二にもなるというのに、まだ独り者なのですよ。しかも、独り者を通しているわけというのが、十三年も前に死んでしまった可愛い人が忘れられぬゆえ、というから手に負えない」

団扇絵の会で出会ったのは去年の四月のことで、商家の主人となってまもないという丞右衛門がまごついているのを、与市郎が世話をやいてやったらしい。

「わるびれぬところが気に入りました。いい男ですよ、木曾屋は」

一人娘のおりょうが生きていたならば聟にしたいと、そんな考えがちらと脳裡に浮かんだのではあるまいか。

与市郎の娘、おりょうも非業の死をとげた。養子の米蔵は、おりょうの死にかかわって、みずからも命を失った女の伜だが、二人はお互いを支えあって暮らしている。少なくとも、慶次郎にはそう見える。

「昔を忘れてはいけないが、昔にこだわりつづけているのもどうかと思いますけどねえ」

と、与市郎は言った。

「実は、米蔵を好いてくれる娘がおりまして。これが素直で可愛らしくって、言うことがないんです。旦那、見ておいでなさいよ、今にわたしにも、旦那のお孫さんよりもっと可愛い孫が生れますからね」

「そりゃ結構な話だ。男の子で、お前さんのように意地がわるくなかったら、八千代の聟にしてやってもいい」

「冗談じゃない。誰が聟にやるものですか」

それにつけてもと、根は人のよい与市郎は言うのである。

「木曾屋もわたしを父親――いえ、わたしは旦那よりずっと若いのですから、兄のように思ってくれたようで、ぽつぽつと身の上話もするようになったのですが、子供の頃は蜆売りをしていたというのですよ。詳しいことは知りませんが、材木の仲買がうまくいって、店を構えたのだそうです。が、そうなるまでには苦労も人並ではなかった筈だと思うんですよ。それなのに、死んだ娘を思いつづけて独り者を通す気らしい。近頃めずらしいいい話だ、見上げたものだと皆、木曾屋を褒めちぎっていますが、わたしなんぞは、せっかく出した暖簾がもったいないと思うんですがねえ」

目の前にいる丞右衛門は、小僧から受け取った財布と簪を押し込んだにちがいない懐を、着物の上から押えていた。

「あの、実は捨てる気だったのでございます」

「え？」

「簪でございます。この赤まんまの簪は、隅田川の流れの中に落としてしまうつもりでございました」

「かたみかえ、忘れられないという娘さんの」

「そんなところでございます」

「ちらと見ただけだが、結構な造りじゃねえか。もったいないと思うが、捨てたいのなら捨てればいいい」

「そう思って下さいますか」

「お前のものじゃねえか。俺が口を出す筋合いじゃねえ」

「掏られて私の手から離れる筈だった簪が、また戻ってきたのでございます。深い縁があるのではないかと、迷いはじめました」

「ご迷惑な話とは承知しております。でも、簪の始末はどうすればよいのか、見当もつかなくなってしまったのでございます。相談にのっていただけたらと思うのですが」

慶次郎は苦笑した。与市郎から噂を聞いている丞右衛門は、慶次郎に暇だけはたっぷりあると思っているのだろう。確かに、いまだに上達しない詰将棋で半日をつぶしてしまうこともあるし、掏摸から財布と簪を取り戻してしまった責任もある。

「と、言われてもなあ」

丞右衛門はそこで閉じた口を、ふたたび開いた。

「その通りでございますが」

「いいよ」

根岸へ行こうと言いかけたが、上野の方が多少近い。それに、根岸には佐七がいる。佐七に聞かれてもかまうまいとは思うが、煎餅を噛じる音のする座敷で、赤まんまの思い出でもないだろう。花ごろもなら、静かな座敷で話ができる。

「有難うございます。では、急いで用事をすませてまいります」

慶次郎にも、橘屋で煎餅を買うという用事があった。仁王門前町の花ごろもなら行ったことがあると言う丞右衛門に、夕方まで待っているから急がなくともよいと言って、慶次郎は香ばしい醬油のにおいが漂ってくる方へ歩き出した。

花ごろもの庭もわるくないが、慶次郎は、雑草だらけの庭も嫌いではない。かつて定町廻り同心であった時の住まい、八丁堀組屋敷の庭は、この季節になると犬蓼や、俗に猫じゃらしと呼ばれているえのころ草が幅をきかせていた。死んだ娘の三千代も三つか四つの頃は始終雑草の中にいて、奉行所から帰ってきた慶次郎に、「お赤飯です」と赤まんまを食べる真似を強いたものだ。

「哀しい気持にさせる花ではあるな」

柄にもないことを呟いて、慶次郎は少しぬるくなった茶をすすった。

時分時を過ぎて、花ごろもは急に静かになった。暮六つから奥座敷で四人と頼んでいった客があるそうで、その時刻までは自由に使ってくれとお登世が言ってくれたのだが、丞右衛門もおそらく、迷惑をかけまいとどこかで昼飯を食べているのだろう。先刻、八つの鐘が鳴ったがまだあらわれない。

一人で待っているのも退屈で、帳場へ出て行こうとすると、出入口で人の声がした。

駕籠(かご)がついたらしい。釣銭はいらないと、昼前に聞いた声が言っている。

丞右衛門は一人だった。小僧にことづけを持たせて帰し、駕籠を急がせてきたのだという。

「うちの檜(ひのき)をほかの材木に替えてくれないかという頼みがありましたのですが、取り替えるという材木が、いや、ひどいもので。つい話が長くなってしまいました。申訳ございません」

駕籠に乗ってきたというのに、丞右衛門は汗を浮かべていた。駕籠の中で、早く早くとあせっていたのかもしれなかった。


「もうお察しのことと存じますが、昨年、簪(かんざし)を捨てたくなるわけができたのでございます」

と言って、丞右衛門は、お登世のいれた茶をうまそうに飲み干した。お登世は、二杯めをいれてから部屋を出て行った。先刻まで庭を掃いていた矢作の姿も、いつのまにか消えていた。

「団扇絵の会が縁で翁屋さんとお近づきになれましたが、実は、会の帰りにもう一人、お近づきとなりました」

女だった。それも、一つ年上の後家だった。子供がいなかったので、亭主の弟を養子に迎え、はためには気儘な、当人に言わせればなかば捨鉢な暮らしをしているのだという。亭主の弟に継がせたという店は、芝柴井町の風呂敷問屋、加賀屋だった。

「加賀屋の後家？　四郎兵衛の女房だった、おこうかえ」

もう十六、七年も前になるだろうか、加賀屋の嫁の美しさが評判になり、裏木戸あたりに若い男達がたむろしていたことがあった。通行の邪魔だと番屋へ苦情が持ち込まれ、町役が出向いたが効き目がない。定町廻り同心の出番となって、当時まだ若かった島中賢吾も手伝いで柴井町へ行った。「いやあ、見てしまいましたよ。きれいだった」と、わざわざ慶次郎へ知らせにきたのを覚えている。それから七、八年が過ぎて四郎兵衛が急死した時は、女房に食い殺されたのではと、穏やかではない噂がたったものだ。

亭主の四郎兵衛を失った時、おこうは、二十四か五ではなかったかと思う。以来、あまり芳しい噂は耳に入ってこない。現在の主人である亭主の弟が言い寄って、その女房との間に一悶着あったとか、糸物問屋の伜と男女の間柄となり、糸物問屋の伜が上州の遠縁の家にあずけられたとか、慶次郎が根岸へひきこもる前に耳へ入ってきた噂だけでも三つや四つはあるだろう。なかば捨鉢な暮らしと丞右衛門が苦笑したのは、そのあたりのことかもしれなかった。

「その通りでございます。亭主の弟が隙あらばとねらっているので、なるべく加賀屋へ帰らないようにしているのだと言っております」

丞右衛門は、苦いだけの笑いを口許に浮かべた。

「なぜ、そんな家にいるのだと聞きましたのですが。帰るところがないと言ってもよいのかもしれません。実家の仏具屋を継いでいるのは、折り合いのわるい継母が生んだ弟なのだとか。継母もまだ生きていて、実家には坐るところもないのだと言っておりました」

国貞の団扇絵の会にはおこうも顔を出していて、絵師と彫師、摺師がそれぞれの腕を競い合い、見せつけている錦絵より、おこうの方が男達の目をひいていた。横目で見るようなことはせず、真正面からおこうと顔を合わせた丞右衛門に、与市郎は、「あの女だけはおやめなさい」と言ったそうだ。

が、田所町で与市郎と別れ、人形町通りを横切ろうとすると、堀留二丁目の角におこうが立っていた。それもしたたかに酔っていて、丞右衛門に近づいてくるつもりだったのだろうが、足をもつれさせて崩れるように倒れた。着ていた着物の藤色が、満月に照らされた地面にひろがった。

助け起こしてやって、とりあえず自分の家まで連れて行き、駕籠を呼んで、柴井町まで気のきく手代をつけて送ってやった。おこうが礼を言いにきたのは当然だろう。おこうの噂は与市郎から幾つか聞いていたが、昼日中の、番頭も手代も小僧もいれば女中もいる家である。何事もあるまいと、丞右衛門は奥の客間へ通して茶を出した。

そこに、たまたま赤まんまの簪があった。簪をつくった錺職が、あれこそ一世一代の仕事だったと言うのを聞いて、小間物問屋の主人が、ぜひ見せてくれとたずねてきたのである。頼みにうなずいて客間へ持ってきたのだが、違い棚に置いたまま位牌の前へ戻すのを忘れていたのだった。

「いいですねえ、赤まんまだなんて」

と、おこうは言った。いい造りだとも、贅沢だとも言わなかった。

「四郎兵衛さえ生きていてくれれば、わたしもこんな風にはならなかったのですけど——っていうのは、卑怯かしら。でも、四郎兵衛とわたしは、赤まんまを摘んでままごとをした、幼馴染みだったんですよ」

その一言で、おこうのよくない噂が、おこうの本来の姿を伝えているものではないことがよくわかった。

「赤まんまか」

そう言って、おこうは自嘲するように笑った。

「あの頃はよかった。父も母も生きていて、わたしは何の心配もせず、加賀屋の小母さんに連れられてくる四郎兵衛と、赤まんまを摘んで遊んでいりゃあよかったんですもの。父や母が、まして四郎兵衛がこの世からいなくなるなんて、考えたこともありませんでした」

空地を走りまわっていた頃の丞右衛門、丈吉も、手をつないでいるおみちがこの世からいなくなるなど、考えたこともなかった。いや、小石を投げても蹴っても丈吉より遠くへ飛ばせるおみちが、衿もとや裾の乱れを気にするようになるとも思わなかった。おみちは原っぱで転んでも声を上げて笑い、裾をまくって、すりむいた膝に唾をつけて立ち上がる娘になるのだと思っていた。が、父親を亡くしたおみちの一家は行先も告げずに引越して行って、それからまもなく丈吉の一家も本所相生町へ移った。おみちと同じように父親を亡くし、蜆売りをはじめた丈吉が出会ったのは、痩せて背丈ばかりが高くなった十五歳のおみちだったのである。

「丈さんじゃない？」

とおみちが声をかけてくれなければ、丈吉は背の高い娘の前を通り過ぎてしまったかもしれない。おみちは本所吉田町の、軒がかしいで倒れてしまいそうな家を借りて母親と暮らしていた。

　それからは、毎日のようにおみちと会った。売れ残りの蜆を持って行くこともあったし、葭戸を売り歩くことにしている夏の間は、おみちの家の、簡単には開け閉めのできなくなっている戸の具合を直してやった。

　赤まんまばかりが目立つ家だった。狭苦しい庭は無論のこと、軒下にも羽目板の裾にも、赤い小粒の花が揺れていた。そんな家の中で、おみちの母親は、いやな咳をしながら内職の風車をつくっていた。

　あれは、再会してから一月か二月が過ぎた頃だと思う。おみちは、赤まんまを摘んで葉にのせた。ふっと昔の遊びを思い出したのだろうが、丈吉が相手をしようとする前に、赤まんまの花も葉もちりとりへ投げ捨てて、「ばかね、わたし」と呟いた。母親の咳はますますひどくなり、おみちも時折、力のない咳をするようになっていた。

「ばかね、わたし。十五にもなったというのに、丈さんに『お赤飯が炊けた』と言いそうになっちまったの」

　恥ずかしそうに笑った顔が、空地を走りまわって転んだ時のおみちの顔になって、丈吉は家の中で母親が寝ていることも忘れ、おみちの腰に手をかけて引き寄せた。

ひとりでに、おみちの衿首が唇に触れた。そんな気がした。

が、犬が吠え、子供の金切声が聞えた。子供が野良犬にいたずらをして、犬に逆襲されたのだった。丈吉は飛び出して行って犬を追い払ってやり、おみちは、泣いている子供をその家まで送って行った。子供の肩に手をかけながらふりかえったおみちに、丈吉は「勝手に中へ入るぜ」と言って裏口へまわり、秋になって獲れたばかりの蜆を鍋に入れた。待っていようかと思ったが、おみちの衿首に唇をつけた自分がてれくさくもあり、そそくさと帰ってきたのだった。

それから五、六日以上も吉田町へは行けなかった。てれくささも抜けなかったが、それ以上におみちの気持が気がかりだった。唇をつけたことを不快に思っていないのなら、丈吉をふりかえった時に、おみちが「待っていて」と言う筈ではないかと思ったのである。

七日めか八日めに、丈吉はわざと蜆を売り残して、吉田町へ行った。おみちは丈吉の声を聞くと表口から飛び出してきて、「具合がわるかったの?」と尋ねた。

「この間、丈さんがうちの中へ入ったから、おっ母さんの病いが伝染ったのじゃないかと思って」

「伝染りゃしないさ。おかしな心配をするんじゃねえ」

と答えたが、丈吉もおみちの母親の病いは恐しかった。長崎帰りの医者であろうが、ご典医に金を積んで診てもらおうが決して癒ることはなく、痩せ細ったあげくに血を吐いて死ぬという。しかも、病人に近寄った者にも伝染るというのである。おみちは、丈吉が水を飲ませてくれと言っても家の中へは入れなかったし、水も、井戸のある家へ連れて行ってつるべで汲んでくれた。

それでも、正直に言えばおみちとの立話が不安になったこともある。おみちは母親と同じような咳をしていたし、時折、熱にうかされているような潤んだ目をしていることがあった。母親と同じ病いにかかっているのは間違いなかったし、自分はともかく、丈吉の母親も決して軀の丈夫な方ではなかったのである。

先に他界したのは、丈吉の母親の方だった。丈吉は、よく蜆を買ってくれた中間の世話で、本所の旗本屋敷に奉公することになった。草履取りから使い走りは無論のこと、飯炊きも庭掃きもするいそがしさだったが、旗本は磊落な独り身で、気楽に働くことができた。

が、その磊落な筈の旗本までが、女のもとへ足しげく通うのはよせと、遠まわしではあるが言ったのである。中間から、おみちのことを聞いたようだった。

「殿様のお言葉ですが」

と、丈吉は言った。母親が血を吐いたとかで、魚売りも青物売りもおみちの家の前を素通りするようになっていた。米屋へ百文の銭を握って行けば、米屋はその銭だけは拾ってきた鍋の中へ入れさせる。熱い湯で洗ってから、自分達はその銭に触れるというわけだった。お前さん達がつくっていると知れたら売れなくなっちまうと、風車の内職もなくなりかけていたし、丈吉が使い走りの駄賃や草鞋を編んで稼いだ金を届けてやらなければ、おみち母娘は暮らしてゆけなくなっていたのである。

病いにかかったのは、おみちや小母さんのせいじゃねえ。おみちだって小母さんだって、丈夫な軀でいたかったんだ。だから、俺はおみちと小母さんの面倒をみてやるんだ。

と、丈吉は思っていた。いや、思っていた筈だった。

が、丈吉にも変化は起こっていた。おみちを抱くことができなくなったのである。丈吉が十八、おみちが十六の秋だった。主人に言いつけられた用事を片付けるのに手間取って、暮六つを過ぎてからようやく暇ができたことがある。明日にしようかと思ったが、明日もいそがしいにちがいなかった。丈吉は、夕飯の茶漬けを胃の腑へ流し込んで出かけることにした。

おみちの家の近くには常夜燈すらなく、暮六つを過ぎれば人通りはまったく途絶えてしまう。丈吉は、十六夜の月の明かりを頼りに道を急いだ。吉田町の家に着いたのは、宵の口の五つを過ぎていたかもしれない。

おみちは、丈吉のくるのを待っていた。母親はとうに眠っていた筈で、その枕許に坐っている間、おみちが何を考えていたのかはわからない。外へ出てきた時から妙に無口で、届けてやった銭を受け取るしぐさもぎごちなかった。丈吉は居心地がわるくなり、屋敷へ早く戻らねばとも思って、「それじゃ」と短く言って背を向けた。

おみちの手が丈吉の袖を捕えた。ふりかえった丈吉を、おみちは、軀の中にあった露がにわかににじみ出てきたような目で見つめた。病いのせいで潤んでいたわけでも、十六夜の月の光に濡れたわけでもなかった。それは、丈吉にもよくわかった。

が、丈吉は、「何だえ」と言った。袖をつかんでいたおみちの手は、力なく落ちた。

「何でもない」

おみちは、そう小さな声で言って、あわててつけ加えた。

「野良犬が多いから、気をつけて帰って。そう言いたかったの」

お前こそ、夜は冷えるようになったから気をつけねえよ。

その丈吉の言葉を、おみちはどんな気持で聞いたのか。小石まで見える月明かりの道が、足をすすめるごとにうしろへさがってゆくのを、丈吉は背を丸め、苦い気持で見つめていた。

　こわかった。おみちは可愛いけれども、おみちの咳はこわかった。自分におみちの病いが伝染り、可愛がってくれている中間や話のわかる主人に伝染してしまうのがこわいと、その時は自分自身に言訳をしたが、ほんとうは、自分が血を吐くようになるのがこわかったのである。

　翌日、丈吉は、主人の旗本に金を貸してくれと言った。しかも、金のいる理由を尋ねた主人に、遊びに行く金だと笑って答えた。主人や中間が、おみちの病いは伝染る、他人にも伝染ると脅さなければ、自分はおみちを抱いていたと言ったのである。

　一分、いや二朱でもいいと言う丈吉を、主人の旗本は貸すとも貸さぬとも言わずに見ていたが、夕暮れ近く、ふいに中間部屋にあらわれて、膝許へきらりと光るものを投げて寄越した。一分金だった。旗本の二文字の上に貧乏がつく主人に、余分な金のある筈がなかった。また、それを承知の上での、丈吉の八つ当りだった。丈吉の無礼に主人が腹を立て、手討ちにされるならそれもよい。いっそさっぱりすると、おみちをこわがった自分に苛立ち、おみちにそんな病いをあたえたものへ拗ねての暴言だったのである。

　のちに女中から聞いたところでは、その時、質屋が呼ばれたのだそうだ。主人は、主人の母親が嫁入りの時に持ってきた鏡台や櫛、笄などを、片端から質入れしたのだった。

丈吉は、その一分を持って深川の岡場所へ行った。中間が遊びの手ほどきをしてくれたので、はじめてではなかったが、あれほど女の軀に埋もれたのはあの時だけだった。二人の遊女を名指しして、獣のように吠えては女達にのしかかっていったのである。

が、或る日、ごめんなさいとおみちは言った。ごめんなさい、わたし、軀の具合と一緒に、性根の具合もわるくなっちまったようなの。丈さんにさんざん助けてもらったのに、この頃はほどこしを受けているようで、申訳なくって仕方がないの。

今思えば、女房になる女に稼ぎの前渡しをしているだけだと、なぜ言ってやらなかったのか。言ってやっても、おみちは、わたしみたいな病人が丈さんの女房になんぞなれるわけがないと答えただろう。

おみちの病いがすすんでいることは、その顔を見ればよくわかった。肌は血の色がなくなったように青みがかって白く、唇だけが異様に赤く濡れていた。美しいことは美しいのだが、そんな美しさが、長持ちをする筈はない。丈吉は、病いが癒えたら一緒になろうと言って、銭を渡してやればよかったのである。それが、仏も許し給う嘘だったのだ。

なのに、騙したくないとあの時の丈吉は思った。

「幼馴染みじゃねえか。助けあうのは当り前だぜ」

そうねと、おみちは呟いた。銭を受け取りはしたものの、ただでさえ病んでいた胸のうちは、丈吉にも見捨てられたと情けなさに焼けただれていただろう。幼馴染みのほどこしとなった銭も、掌をじりじりと焼いていたにちがいない。

たずねて行っても、具合がわるいと言う返事ばかりが聞えて、おみちが顔を出さない日がふえていった。上がり框にそっと銭を置いて帰った翌日、もう一度たずねてみると、銭がそのままになっていることもあった。銭の山が二つになり、三つになって、背に腹は代えられなかったのか、二つが消えていたことがあって、丈吉は胸を撫でおろしていたのだが。

その年が明けて、おみちの母が逝った。おみちが血を吐いたのは、母の埋葬をすませて帰ってきた時だったという。寺まではついて行ってやったが、途中で別れて帰ってきた丈吉は、胸を血で染めて倒れたおみちを見ていない。養生所に知らせたのは、多分、家主だったのだろう。その日のうちに、おみちは戸板ではこばれて行ったそうだ。

「諦めなよ」

　養生所へ飛んで行った時、養生所の医者にそう言われて、ふいに丈吉は泣きたくなった。おみちが母親と同じ咳をしはじめてから、おみちもやがてこの世からいなくなってしまうのだと、わかっていたつもりだったが、父が逝き母が逝き、兄弟はいず、おみちが逝ってしまえば丈吉は一人だった。話のわかる旗本や丈吉にはやさしい中間がいても、おみちにはあった身内のような感じが二人にはなかった。

　死なねえでくれ、おみち。

　引き取って面倒をみようと思ったが、それは医者にとめられた。おみちの死ぬ時は俺の死ぬ時だと言ったが、「世の中、そううまくはできていないんだよ」と、相手にもされなかった。きいた風なことを言やあがってと、病人の診立てにまわる医者のうしろから、大声でわめいた覚えがある。

　おみちは、赤まんまの簪が欲しいと言って息をひきとった。当時の丈吉に、女房にする女はおみちのほかにいなかった。約束を守るのが亭主のつとめだと、丈吉は夜も寝ずに草鞋を編んだ。庭掃きも草取りもせずに藁を編み、花びらだらけ、雑草だらけの庭にしてしまったこともあるが、主人の旗本は何も言わなかった。

　が、生き残った者にはいろいろなことが起こる。おみちのためにためていた金を、蜆売りの頃に知り合った、若い大工に貸すことになったのである。はじめて請け負った仕事にとりかかる矢先、買い込んだ材木が貰い火で焼けてしまったのだ。

　丈吉は、材木の買い付けに行く大工のあとについて行った。面白半分だったが、これが仲買となるきっかけとなった。大工は貸した金に利息をつけて返してくれて、その金を別の大工に貸したりしているうちに、丈吉自身が木曽へ行って、伐り出された材木のよしあしを見て買い付けをするようになったのだった。たまたま大量に買い付けた時に檜が高騰し、夢中で売り買いをしているうちに信じられないほどの金が銭箱に入っていた。

　順風満帆とは、その後の丈吉をいうのだろう。売りに出ていた店を買い、木曾屋の暖簾を出し、名も丞右衛門とあらためた。先へ先へと走りがちな丞右衛門を抑えてくれる番頭を雇うこともできたし、気の利く手代や女中を集めることもできた。国貞の団扇絵の会では、加賀屋のおこうという美しい女に出会うこともできたのである。

　そして、ふと気がつくと、おこうが赤まんまの簪を持っていた。丞右衛門の視線に気づくと、かたちのよい鼻の先を簪で突ついてひややかな表情をつくったが、四郎兵衛と赤まんまでままごとしていた頃を思い出していたにちがいない。天井を見上げている目の端に、小さな雫が残っていた。

おこうは何事もなかったように簪を返したが、おこうを見ていた丞右衛門の方がうろたえた。おみちではない女が簪を持ち、鼻の先を突つくような真似までしたのに、不快とは思わなかったのである。それどころではない。「お気に召したのなら」と言いそうにさえなったのだ。

おこうは、そそくさと立ち上がった。丞右衛門もひきとめはしなかった。が、芝まで帰るおこうに駕籠を呼んでやり、おこうが、ちらと白いふくらはぎを見せて乗るまでを、店の軒下に立って眺めていた。

駕籠の中からおこうが挨拶をして、駕籠舁が垂れを下ろそうとした時に、丞右衛門は、突き飛ばされたように駆け寄った。この機を逃してはと思ったような気もするが、番頭や手代の目もあるのに、なぜそんなことができたのか今でもわからない。自分の懐にあった手拭いを落とし、拾い上げるという下手な芝居をしておこうに渡し、「またお目にかかりましょう」と言ったのである。おこうは驚いたような顔をしたが、かぶりは振らなかった。真剣な顔で丞右衛門を見て、かすかにうなずいた。

以来、おこうとは頻繁に会っている。木曾屋の者達は、独り者の丞右衛門が吉原通いをしていると思っているし、加賀屋の者達は、おこうの素行があいかわらずおさまらぬと思っているらしい。が、おこうは、噂とはちがう女だった。ずる賢さとか要領のよさとかいうものをまるで持ち合わせていず、だからこそ男との噂がたたぬようにする手段を考えることも、その噂を打ち消すこともできなかったのだ。

「一緒になろう」

と、丞右衛門はおこうに言った。が、家に帰れば、おみちの位牌が赤まんまの簪とともに丞右衛門を待っていた。

勘弁しておくれ。生涯、お前のほかに女房はもたぬつもりだったのだが。

位牌に詫びても、「どうせわたしは、丈さんの女房になれるような軀じゃなかったから」という、おみちの声が聞えてきそうな気がする。それは、おみちに誘われながらも病いこわさに逃げてしまった自分の声だとわかっているのだが、その声に耳を塞ぐことができないのだ。

勘弁しておくれ、おみち。わたしも、わたしの子供に木曾屋の暖簾を継がせてやりたくなったのだ。

わたしをおかみさんにしてくれるって言ったのに。おかみさんにしてくれて、簪をつくってくれるって言ったのに。

だからさ——。

だから、どうすればいい。少なくとも赤まんまの簪があるうちに、おこうを女房にすることはできなかった。

「それじゃ、おみちさんが可哀そうじゃねえか」

と、慶次郎は言った。

「やはり、そう思われますか」

丞右衛門は、呟くように言う。慶次郎の言葉を間違えて解釈したようだった。

「思うさ、そりゃあ。おみちさんは、おてんばで陽気な娘だったんだろう？　死んでから、ひねくれた娘にされては可哀そうだ」

丞右衛門が顔を上げた。転んでも大声で笑い、すりむいた膝に唾をつけていたおみちなら、丞右衛門、いや丈吉がおこうを好きになったと知っても、「あら、お似合いじゃありませんか」と笑うにちがいない。「いいですよ、わたしは。丈吉さんが極楽へくるまで待ってるから」。そう言って笑って、赤まんまの原っぱの中へ走って行くのではあるまいか。

「そうですよね。私も、そういうおみちが好きだったのでした」

丞右衛門は、お登世のすすめる夕食を断って帰って行った。おてんばで陽気なおみちが見えてくるにちがいない位牌の前へ、早く戻りたかったのだろう。

「さてと。俺も帰ろうかな」

「あら。旦那も食べていって下さらないんですか」

お登世に睨まれて、慶次郎は、「とんでもねえ、食べて行くさ」と答えた。

女の機嫌を損ねると、あとあとまで祟るからな。

だが、もう機嫌を損ねている者が一人いる。その機嫌は、初夢煎餅くらいではなおらないかもしれなかった。

酔いどれ

楓の木の下で、霜柱が落葉を押し上げている。

毎朝見られる光景であり、陽に光る霜柱が綺麗であることは知っていたのだが、あらためて眺めて、その妖しさに気がついた。つめたく透きとおった柱の陰には、蜻蛉のようにはかなげな精霊が休んでいるように思えてきたのである。霜柱が陽に光ってその向う側を隠すのは、精霊の姿が人の目に触れないようにするためかもしれなかった。

「旦那」

佐七の声だとわかったが、軀は一瞬、慶次郎の意に反して震えた。ほんの少しの間、霜柱を眺めていたつもりだったのが、小半刻近くもぼんやりしていたのかもしれなかった。

「居眠りをしていなさるのかと思ったよ」

と佐七は言って、慶次郎が精霊を休ませているのではないかと夢想していた霜柱を踏みつぶしながら、楓の木の下へ入って行った。落葉を掻き集めるつもりなのだろう。

「天王橋の親分がきてなさるよ。何か、人の声らしいものが聞えると思って表口へ出て行ったら、親分だった。旦那は耳も遠くなったのかね」

　精霊の休息所は、すでに佐七の足駄で無残なまでにつぶされている。ふっと、お登世に似た精霊が「助けて、わたしのそばにきて」と手をのばしている姿が浮かんできたが、その妄想を振り払って立ち上がった。辰吉は、律儀に表口の外に立っていた。

　現在は慶次郎の居間となっている八畳へ辰吉を招き入れて、炭籠を探す。炭籠は、空になって佐七の部屋にあった。このところ、寒くて目が覚めると言っていたので、早朝から火鉢に火を入れて、煎餅を噛じっていたのかもしれなかった。

　旦那にそんなことをさせては申訳ないと辰吉が腰を浮かせたが、今の慶次郎は、「いいよ、坐っていねえ」と言うより先に軀が動く。言葉のお終いの方は、陽当りのわるい裏庭で言った。手に息を吐きかけながら物置の戸を開け、俵の中から長い炭を出し、常備してある火箸で叩き割る。その音を聞いてから、辰吉の用事は何なのだろうと思った。

　先刻、五つの鐘が鳴ったばかりの朝である。もっと早く出かけてきたかったのだが、辰吉は、あまり早くては迷惑になると遠慮をしたのではないか。

　慶次郎は、長いままの炭を二、三本、炭籠へ放り込んで物置を出た。佐七と暮らし、時折お登世に会い、八丁堀へ出かけても孫の八千代の相手ばかりをしていると、軀の動きとは反対に、頭は鈍くなるようだった。

　辰吉は、火鉢の火種を掘りおこしていた。縁側の障子は開け放しで、いくら陽当りがよいとはいえ風が吹き込んでくる。寒かったにちがいないと、炭籠を辰吉に渡して障子の前に立った。楓の木の下にいた佐七が、慶次郎を見た。辰吉が話をはじめる前に障子を閉める、そう思ったようだった。御用の話であれば佐七には聞かせたくないが、開け放しにしておいても、慶次郎と辰吉のようすを見て落葉を掻き集めるのを中止するだろう。いずれにしても、佐七は縁側から部屋へ上がってくる。

「かまいませんよ」

　と、辰吉が慶次郎の胸のうちを察したように言った。

「実は一昨日、海賊橋のたもとで、大根河岸の親分にばったり出くわしたんで」

　火箸で炭を叩き割る音が、障子を閉めた部屋に響いた。足駄の音も踏石に近づいてきた。羽目板が鳴ったのは、熊手をたてかけたのだろう。

「ま、俺が晃之助旦那の屋敷から帰るのを、大根河岸の吉次親分が待っていたんじゃねえかと思いやす。橋の途中から引っ返してきた風をよそおっちゃいたが、あれはちがう。どう見ても、北風に洟をたらしながら橋の真ん中に立っていたという顔でしたね」

　縁側の障子が開いた。先刻まで首に巻いていた手拭いを懐へ押し込んだらしい佐七は、部屋の中を無遠慮に見廻して、「俺の手拭いを見かけなかったかね」と言った。

「さあて、見なかったが」

「ま、いいや。それより旦那、まだ親分にお茶を差し上げてねえのかえ。しょうがねえ。俺がいれてきてやるよ」

　台所へ入って行った佐七を見送って、辰吉の口許がほころんだ。

「大根河岸の誰かと似てやすね」

「うむ」

「で、大根河岸のつむじ曲がりの方ですが、お前の縄張りを荒らしたくねえから話してやるがと、こう言うんでさ。手前は朝から酒をかっくらっているくせに、働いて帰ってくる女房に殴る蹴るの乱暴を働く亭主がいる、何とかしてやらねえと女房があぶねえってんですが、そんな話は聞いたことがねえ。妙だと思ったら、湯島六丁目の話だってんで」

　湯島は俺の縄張りじゃねえと言う辰吉に、吉次は、縄張りをひろげたと自慢していたのを確かに聞いたと強情を張って、とにかくお前に下駄をあずけたと帰って行ったのだそうだ。

「なぜそんな嘘をつくのだと、昨日の夜は癪にさわっていたんですが、今朝になって、俺から旦那に言ってもらいたかったんじゃねえかと、ふっと気がつきやして」

　根岸のつむじ曲がりが、茶をいれてきた。盆の上には、煎餅の入っている菓子鉢ものっている。

「吉次親分のことだ、金になると思ってほじくり返しているうちに、気になることにぶつかったのかもしれやせん。が、表沙汰にはしねえ方がいいかして、旦那に話したくなったんでしょう。まったく手前で話しゃいいものを、手間のかかることをしやあがる。が、俺も昨日、湯島へ行って、その夫婦の顔を見てきやしたよ」

　慶次郎は、佐七が茶をいれてくれた湯呑みに手をのばした。慶次郎のうしろから、煎餅を二つに割る音が聞えてきた。


　その夫婦は、湯島六丁目の軒がかしいでいる家に住んでいた。江戸もはずれに近く、家並がまばらになりはじめるあたりで、おそらく洗濯物の柱が立っているところも庭ではなく空地だったのだろう。前掛をかけた華奢な軀つきの女が、亭主のものらしい襦袢（じゅばん）や肌着をとりこんでいた。女房のおつぎだった。

吉次は、おつぎの年齢を二十六にはなる筈（はず）だと言っていたが、手拭いを姉様かぶりにして働いている姿は、華奢で小柄なせいもあって、二十（はたち）くらいに見える。しかも、いい女だった。洗濯物を持って家の中に入り、姉様かぶりの手拭いをはずしながら表口から飛び出してきたおつぎと、あやうく鉢合わせをしそうになったが、詫（わ）びを言って見上げたおつぎの目に、辰吉は身震いをした。今にも泣き出しそうに潤（うる）んでいたのである。

「ご勘弁下さいまし。急いでおりますので」

そう言って、おつぎは三丁目へ向かって走って行った。吉次の話によると、湯島三丁目の福山という縄暖簾（なわのれん）で働いているそうで、店が暇になった時に洗濯物をとりこみにきたのだろう。

おつぎを追いかけて福山という縄暖簾に入ってみようかと思ったが、その前に、亭主の留三郎の顔を見たいと思った。おつぎが洗濯物の干場にしている空地に入ったが、障子の閉まっている向う側に人の気配はない。人通りのないのを幸いに、そっと障子を開けてみた。が、ざっとたたんである洗濯物だけが、赤茶けた畳の上にあった。

「開けっ放しで留守か」

不用心だぜと呟きながら、大きく障子を開けてみた。開けっ放しでも心配はないのかもしれなかった。簞笥、鏡台はおろか、手箱一つないのである。戸棚を開けても、襦袢や肌着の入った行李が入っているだけにちがいなかった。

障子を閉めて、先刻おつぎが駆けて行った道へ出た。縄暖簾へ寄ってみるつもりだったが、道がゆるやかに曲がってゆく角の仕舞屋に、貧乏徳利を下げた男が寄りかかっていた。辰吉の姿に気づいたのかどうか、ふらりと歩き出したが、右へよれて行き左へよれて行き、まるで足許が定まらない。吉次の話では、亭主の留三郎は、昼間から深酒をしているということだった。

辰吉は、ゆっくりと歩き出した。足をもつれさせ、狭い道の端から端までよれてくる男をかろうじてかわして、足をとめた。男はやはり、おつぎが洗濯物をとりこんでいた家へ入って行った。

あのようすでは、表口へ入ったとたんに倒れて眠ってしまうだろうと思った。辰吉は早足になった。障子に丸でかこまれた福の字が書かれている縄暖簾は、通りに面していた。辰吉は、たてつけがわるくなっているその障子を、音をたてて開けた。夕七つ前だというのに、店の中は、仕事を終りにしたらしい行商人や屋敷を脱け出してきたらしい中間でいっぱいだった。

「いらっしゃいませ」

辰吉は口中に湧(わ)いてきた唾(つば)を飲み込んだ。子供の頃、躑躅(つつじ)の花をつまんでは花の裾(すそ)にたまっている甘い汁を飲んだものだが、おつぎの声はその甘い汁を含んでいるような気がした。しかも、泣き出しそうな目が辰吉を見るのである。この女を男の中で働かせて、昼間から深酒をする留三郎の気持がわからなかった。

「すまねえ、客じゃねえんだ」

そんな言葉が口をついて出た。

「この近くに、浅草生れの小兵衛って男はいねえかえ。行方(ゆくえ)知れずになっちまった俺の友達なんだが、近頃、このあたりに住んでいるという噂(うわさ)をちらと耳にしたものだから」

「さあ」

盆を胸に当てていたおつぎは首をかしげ、近くの住人にちがいない客達が、「小兵衛ってえ名前は聞いたことがねえ」とか、「浅草生れも知らねえな」などと口々に答えてくれた。口からでまかせの名の持主など、いない方が好都合だった。

「やっぱり、ただの噂か」

と辰吉は独り言のように言って、おつぎを見た。

「さっき洗濯物をとりこんでいたのは、ねえさんだろう。お前のご亭主か兄さんか知らねえが、酔っ払ったご仁が帰ってきたぜ。あのようすじゃ、三和土で寝込んじまったかもしれねえよ」

おつぎが調理場をふりかえり、庖丁を握っていた縄暖簾の亭主らしい男が「行っといで」と言った。おつぎの目が、ほんとうに涙がにじんできたように潤んだ。

「おつぎさんも、苦労するなあ」

と、後姿を見送った客達が言う。

「別れた方が、いっそ苦労をせずにすむと言ってやったんだが、その気はないらしいね。どういうわけがあるのか知らねえが」

「別れちまえとは、わたし達も言ってるんですけどね」

縄暖簾の女将が調理場から顔を出した。

「別れてくれた方が、わたし達だってどんなに楽なことか。喧嘩があるたびに素っ飛んで行かなくってもすむんですからね」

「そんなにすげえ喧嘩をするのかえ」

さりげなく話に割り込んで、辰吉は腰掛けがわりの空樽に腰をおろした。一瞬、女将は怪訝そうな顔をしたが、客になってくれるのならと思ったのかもしれない。答えるのは客達にまかせて、注文をとりにきた。表はまだ明るかったが、辰吉はねぎまの鍋と酒を頼んだ。

「おつぎさんは夫婦喧嘩だと言っているが、ありゃあ喧嘩じゃないね」

と、向いの空樽に腰をおろしている行商人が言った。

「飲んだくれの留が、おつぎさんを折檻してるんだよ」

「なぜ」

「そんなこと、わかりゃしねえよ。おつぎさんと留が湯島へきてから、かれこれ四年たつが、引っ越してきた時から留はおつぎさんを殴ってたよ」

「かれこれ四年たつと軽く言いなさるが、四年は長えぜ。その間、誰も留さんてえご亭主に意見をしなかったのかえ」

「しましたともさ」

ちろりをはこんできた女将が、隣りの空樽へ腰をおろした。

「うちの亭主なんざ、真夜中に意見をしに行きましたよ。おつぎさんが、目の下に痣をこしらえて逃げてきたものですからね。このあたりでは顔のきく親分さんに、留さんを大番屋にぶち込んでくれ、そうすりゃ少しは目が覚めるだろうからって、頼みに行ったこともあるんですよ。でも、意見をされる時の留さんは、みんな俺がわるい、それはよくわかっていると涙ぐむし、おつぎさんが殴られて怪我をしたと親分さんや番屋へ訴えようとすると、おつぎさんが顔色を変えてとめるんです」

「よっぽど惚れているんだな」

「さあ、それはどうですかねえ。わたしにゃ留さんがおつぎさんに惚れているように見えるのだけど。でも、惚れていりゃ、痣のできるまで殴ったりしませんよね」

「やきもちってこともあるぜ」

　女将は首をすくめた。

「お客さんは、おつぎさんをご存じないからそんなことを言いなさるんですよ。あの通りのいい女だけど、わたしゃ、あの人くらい身持ちのかたい人を見たことはありませんよ。ま、佐之松さんや周次さんを前にして何ですけど、おつぎさんを我がものにするなら、留さんが酒の毒で死ぬのを待つほかはない」

「やめてくんなよ、おかみさん。これで留がほんとうに死んじまったら、俺と佐之さんが疑われるぜ」

「まったくだ」

　佐之松というらしい行商人は、まずくなったらしい酒を飲み干して立ち上がった。

「疑われねえうちに帰るとしよう」

行商人は、ちろりや猪口や焼魚の皿などがならぶ台の上を見た。首をかしげて、皿を隅に寄せる。それでも探しているものが見つからなかったのだろう、ちろりと猪口を両手で隅へ押しやった。

「妙だな」

と、佐之松ではなく、周次が言う。

「銭袋だろう? お前がそこへ置いたのを俺も見たぜ」

周次が自分の皿やちろりを片付けている間に、佐之松は懐を探った。顔色が青ざめていた。

「いやですよ、佐之さん。鬱金色の袋ならわたしも見たけれど、飲んでいるうちに下へ落としちまったんじゃありませんか」

「下へ落としゃ音がするだろう」

そう言いながら、佐之松は蹲った。見えるところに鬱金色の袋はなかったのだろう、腰掛けの空樽を動かし、台を動かそうとするが、太い丸太の脚を打ちつけた台は簡単に動かない。皿が揺れ、ちろりが揺れて、辰吉の猪口からついだばかりの酒がこぼれた。

「ありませんかえ」

「ない」

「いやだねえ」

亭主も調理場から出てきて顔をしかめた。

「今年はこれで二度めだぜ」

「手癖（てくせ）のわるい客でもいるのじゃねえか」

周次が辰吉を見た。周次ばかりではなかった。女将も亭主も佐之松も、小上がりにいる中間風の男達も、無遠慮な視線を辰吉に向けた。

やむをえなかった。辰吉は、懐の十手を見せた。周次と佐之松は頬（ほお）をひきつらせ、女将と亭主は揉（も）み手（で）をして、「熱いところをもう一合いかがですか」などと口の中で言った。中間達は、衝立（ついたて）をななめにしてその陰にかくれた。

暖簾が揺れて、おつぎが店へ入ってきた。

「遅くなっちまってすみません。留三郎を寝かせてきたもので」

「おつぎさん、お前の顔は、まあ」

女将が、悲鳴のような声をあげた。おつぎの頬には、留三郎のものにちがいない掌（てのひら）の跡が、赤くはっきりとついていたのである。

というようなわけでと、辰吉が言った。

「湯島の番屋へも寄ってきやしたが、留三郎という亭主が、手前は働きもしねえのに働き者の女房に乱暴をすることと、夫婦が奥州の生れであることぐらいしかわかりませんでした。大根河岸は、いってえ何を心配しているのか」

「ふうん」

と言ったのは、佐七だった。辰吉の話を聞いている間に煎餅を二枚食べ、熱くて苦い茶を三杯も飲んで、いっぱいになったにちがいない腹をさすりながら台所へ出て行った。落葉掃きをつづけるのかと思ったが、十能を持って火種を取りにきた。辰吉に、昼飯の支度をしてやるつもりらしかった。

「ついでに、佐之松の銭袋がなくなったことも、番屋に言っておきやした。福山では、去年の暮にも一度、台の上に置いた財布がなくなる騒ぎがあって、この盗っ人はつかまっているそうで」

「ふうん」

慶次郎は苦笑した。佐七が慶次郎の口癖を真似るようになったのだが、それにしても先刻の佐七とよく似ていた。

「ほかならぬ吉次親分のお頼みだ。俺も出かけてみるよ」

慶次郎は、手文庫の中の一分金を懐紙に包み、辰吉の前に置いた。こいつは受け取れねえと辰吉はあとじさったが、むりに受け取らせた。

辰吉の子をみごもったおぶんは流産をしてしまい、以来、時折寝込むようになった。そんな時は天王橋のたもとにある八百屋の女房が、見舞いかたがた家の中を片付けてやっているらしい。辰吉は、「何が幸いになるかわかりやせんね」と言っている。八百屋の女房が見舞いにきてくれるようになって、おぶんがよく笑うようになったというのである。八百屋一家と、そろそろ床上げの祝いをするにちがいない頃だった。


　おい、開けろ、開けねえと手前の身があぶねえんだぞ、ばかやろう。


辰吉に教えられた家の前で、数人の男達がわめいていた。その中の一人は、十手で心張棒がおろされているらしい戸を叩いている。遠巻きにしているのは近所と通りすがりの者達のようで、家の中からは大きな物音と女の悲鳴が聞えていた。慶次郎は、裾を端折って走り出した。

辰吉が言っていた通り家の裏には空地があり、物干竿が渡された柱がある。が、裏口にも心張棒がおろされていた。縁側の雨戸も閉められていたが、たてつけがわるくなっていて、ところどころに隙間がある。手をかけて揺すると、桟がおりた。悲鳴がやんだ。先刻とはあきらかにちがう人の気配がする。桟がおりたのに敷居を滑ってくれない雨戸を押し開けて、慶次郎は、土足のまま縁側に飛び上がった。泣き出しそうな目の女が戸棚の前に立っていた。片袖がちぎれ、髪は何を結っていたのかわからないまでに崩れている。亭主の留三郎は、畳に腹這っていた。

表口で十手をふりまわしていた男が、慶次郎を押しのけて上がって行く。女房が亭主を突き飛ばして逃げたと思ったのだろう。留三郎は、十手を手にした男が部屋に駆け上がったというのに、腹這ったまままるで動かずにいた。

慶次郎も草履を脱いで部屋に上がり、留三郎の肩に手をかけた。酒のにおいがした。それも、酒で胃の腑が腐っているようなにおいだった。

起き上がらせようとしたが、留三郎は懸命にさからった。つかまるところがないので、畳に爪をたてて抵抗するのである。予測していた通りだったが、畳に爪をたてての抵抗など、たかが知れている。さほど力を必要とせずに、慶次郎は留三郎を畳から引き剝がした。やはり、腹の下から光るものがあらわれた。簪と金だった。

「おう。よけいなことをしてくれるじゃねえか」

おつぎへ向かって走ったのが、自分の見込み違いのように思えたのかもしれない。岡っ引が慶次郎に向かってきた。

「すまねえ。よけいなことをする気はなかったのだが、大根河岸の吉次親分に頼まれていたものだから」

慶次郎の胸を突こうとしていた岡っ引の手がとまった。頭の中の記憶を、急いで集めているようだった。

「あの、仏の旦那で？」

慶次郎は、曖昧に笑った。そんな綽名で呼ばれるのが、妙に気恥ずかしかった。岡っ引は、南町奉行所の定町廻り同心の名を言った。その同心から手札をもらっているらしい。そういえば、湯島の定八という名をどこかで聞いたようだった。

「昔は、庄五郎親分が、このあたりをまかされていたのですが。親分が隠居して、あっしが十手をおあずかりするようになりやした」

慶次郎が晃之助にあとをまかせた頃のことらしい。慶次郎には昨日のことのように思えるが、定八には昔の出来事であるようだった。

「ご面倒をおかけしやしたが、ともかく番屋へ連れて行きやす」

留三郎の腹の下にあった簪と金が、この夫婦の買ったものであり稼いだものであるわけがない。盗みを働いていると、吉次は気づいていた筈だった。だからこそ、つめたい川風にさらされながら辰吉の帰りを待ち、湯島におかしな夫婦がいると言って、慶次郎に伝えてくれと暗に頼んだのだろう。

だったら盗みを表沙汰にせず、そっと灸をすえてやってくれと、はっきり言やあいいんだ。

それとわかっていれば、岡っ引の目の前で、腹這いの留三郎を畳から引き剝がしはしなかった。が、あの吉次が、なぜそうまでしてこの夫婦をかばってやりたいのかわからない。吉次は案外に女に心を動かす性質で、おつぎの容色に心を奪われたと考えられなくもないが、それならば、ひた隠しにする筈だった。おつぎを好きになったと慶次郎に知られるくらいなら、自分で夫婦に難癖をつけるにちがいなく、灸をすえてやってくれと辰吉を通して頼むような面倒くさいことはしないだろう。

定八が、腰から捕縄をはずした。頼み甲斐のない男と吉次に思われるかもしれないが、この夫婦には買えるわけのないものが、腹の下から出てきたのである。番屋へ連れて行くなとは、さすがに言えなかった。

が、定八は留三郎に縄をかけた。慶次郎は思わず、「おい」と定八を呼んだ。留三郎が定八より早く、その意味に気づいた。

「わたしです。わたしがみんな、盗んだのでございます」

留三郎は、酒くさい息と一緒に慶次郎へ近づいてきた。ありたけの力をふりしぼっているのだろう。縄尻を持っている定八がひきずられて、転びそうになった。

「おつぎじゃないんです、旦那。福山の盗みも、みんなわたしのしたことです。ほんとでございます。わたしの盗みにおつぎが文句を言うので、わたしは始終おつぎを殴っていたのです」

「おかしいじゃねえか」

定八にも、慶次郎が「おい」と言ったわけがわかったようだった。

「盗みはする、殴る蹴るという亭主に、おつぎは何だってひっついていなけりゃならねえんだ。福山へくる客の十人のうちの八人までは、おつぎが酔いどれの亭主と別れるのを待っているんだぜ。稼ぎのいい奴はいねえかもしれねえが、それでもお前といるよりは幸せになれる。お前が盗みをしているなら、おつぎが辛抱しているわけは何もねえ筈だ」

留三郎は、酒で胃の腑が腐ったような息を吐きながら、かぶりを振った。

「でも、わたしです」

わたしが「わたす」と聞えた。慶次郎は、辰吉が夫婦は奥州の生れらしいと言っていたのを思い出した。

「おつぎは、何もしちゃいません。おつぎが何もすていねえことは、わたすが、よくすっています」

「お前(めえ)、なぜ故郷(くに)から出てきた」

　と、慶次郎は言った。

「おつぎの盗みが村中に知れちまったからじゃねえのかえ」

「いえ、わたすの盗みが……」

「もう嘘(うそ)をつかねえでくんな。こっちまでせつなくなる」

　両腕をいましめられたまま、留三郎が泣き伏した。戸棚の前で立ちつくしていたおつぎも、ずるずると崩れるように蹲り、ひきちぎられずに残っていた袂(たもと)を顔に当てた。

定八はもてあましたように二人を眺めていたが、縁側の向うの人垣に気づいて庭へ降りて行った。

「御用の筋だ。見世物(みせもの)じゃねえ」

　十手を振りまわしているのだろう、陽をはねかえしている光が、定八の声と一緒に部屋へ入ってきた。

幼馴染みですと言いかけて、留三郎は慶次郎を見た。嘘だったらしい。しばらくためらっていたが、「おつぎは遊郭におりました」と言った。城下町の遊郭にいた女であったという。留三郎はかなりの田畑を持っている百姓の倅だったが、父親の使いで城下町へ行き、おやえという名で見世に出ていたおつぎを知った。十八の時だった。そろそろ男の遊びを知ってもよいからと、母親がその小遣いを持たせてやったのが仇になったようだ。

おやえ、いや、おつぎの潤んだ目に我を忘れた十八の若者の姿は、容易に想像がつく。おつぎと目が合った時、辰吉は軀が震えたと言っていたが、留三郎のうしろでうなだれているおつぎが物言いたげに顔を上げると、慶次郎も、背筋に決して不快ではない寒気がする。おつぎをよく知っている筈の定八は、おつぎが顔を上げそうになると、急いで横を向いた。

留三郎は、口実を設けて城下へくるようになった。はじめのうちは見て見ぬふりをしていた両親も、留三郎が田畑の仕事をなおざりにしはじめると叱言を言うようになった。当然のことだが、留三郎にはそう思えない。倅がどうしても所帯を持ちたい女に出会えたというのに、その女が遊女だというだけで反対をしていると思えたのである。

留三郎は、親戚中を走りまわった。身請けの金を、何としてもつくりたかった。が、父親は、留三郎より一足早く親戚をまわっていた。伜に金を貸してくれるなと頼んでいた。

見世にあがる金すらなくなった留三郎に、おつぎからの手紙が届いた。会いたい、お金は自分が何とでもするから、とにかくきてくれと書いてあった。留三郎は、足に羽がはえたように城下町へ飛んで行った。

顔馴染みとなっている見世だった。遣手のよそよそしい態度が気になったが、金を払わない客にはこぶしを振り上げることもあるらしい若い衆は、何も言わずに見世へあげてくれた。

おつぎはいつもの部屋にいて、潤んだ目で留三郎を迎えてくれた。なぜ一文も持たずにきて客になれるのか、その時の留三郎にはまるでわからず、おつぎの年季が長くなるのではないかと不安だったが、おつぎに見つめられると、疑問も不安もきれいに消えた。おそらく、頭の中は空になっていたのだろう。おつぎが達引いた、自分で自分の身を買ったのだとわかったのは、しばらくたってからのことだった。

が、留三郎は、おつぎがその金をどう工面したのかまで考えなかった。おつぎに会うには金が必要で、父親の財布から銭をくすねるという情けない真似もしたが、「お金のことはもう心配しないで」とおつぎは言った。留三郎は、何の疑いも抱かずにその言葉を信じた。その言葉を信じて、一文も持たずに遊郭へ行った。

　住替えをしなければならぬと打明けられたのは、それから一月たっていただろうか。住替えとは、その見世では売れなくなった女や素行に問題のある女を、今よりも小さく安い見世になにがしかの金をもらって移らせてしまうことを言う。早く言えば、厄介ものとなった女を、最下級の見世に売り払ってしまうのである。おつぎの行く先は、海に近い宿場町だった。

　会えなくなる。

　咄嗟にそう思った。おつぎほど縹緻のよい女に客がつかぬわけはないのに、その時は、なぜ住替えになるのだろうとは思わなかった。

「逃げよう」

「どうやって」

「何とかなる、きっと」

　今思えば、無謀だったたと思う。いったん家に戻って、父親の着物と財布を盗み出して、遣手も若い衆も眠りについた深夜、おつぎに父親の着物を着せて見世を出た。雨が降っていて、傘で上半身を隠すことができたのも幸いだったのだろうが、追手の足音が迫ってきたこともあったのに、無事に城下町から脱け出せたのは、僥倖と言うほかはない。

西も東もわからずに逃げて、父親の財布にあった銭とおつぎが持っていた金が尽きたところで、留三郎を雇ってくれる人が見つかって一年が過ぎた。

雇ってくれたのは、その村の大地主だった。物置だったという小屋を借り、留三郎は、朝早くから野良仕事に出かけた。住まうところがあり、飢えぬだけの食べものがあるだけの暮らしだったが、留三郎は満足していた。田畑での作業は楽ではなかったが、できぬことではなかったし、何よりもおつぎがそばにいた。掌のまめがつぶれて、鍬をふるうたびに痛みが頭の芯まで走ってくるようなこともあったけれど、痛みをこらえて帰ってくれば、親を捨てても、若い衆に捕えられて命を失っても離したくなかったおつぎが、「痛かったでしょう」と、にじんでいる血を拭いてくれるのである。だが、或る日、留三郎は地主に呼ばれた。出て行ってくれというのである。わけもわからずに、留三郎はひたすら詫びた。つぶれたまめは掌を頑丈にしてくれたし、何もなかった家の中にも、火鉢がふえ、着替えの入った行李がふえ、枕許にまわす屏風がふえて、人の住まいらしくなってきた。追い出されるのはつらかった。

「その住まいのことだが」

と、地主は言った。

「わずか一年で、そんなにものがふえるのは、おかしいと思わないのかね」

「それは、おつぎが母屋（おもや）の仕事を手伝って、駄賃（だちん）をいただくようになったからと」

「断っておくが、別にわたしは吝嗇（けち）ではないよ。が、おつぎさんに手伝ってもらったのは、虫干しとか、客がきた時の後片付けとか、そんなものだよ。どんな暮らしをしていたのだとは尋ねないが、ご飯一つ、満足に炊（た）けないそうじゃないか。そんなお人に、たくさんの駄賃を渡すわけがないだろう」

「まさか」

留三郎の頬（ほお）がひきつれた。

「まさか、おつぎが」

「やっぱり知らなかったのか」

地主は、溜息（ためいき）をついて言った。

「女房が言っていたよ、お前さんはおつぎさんの盗みに気がついていないんじゃないかってね」

「ぬ、盗み、お、おつぎが」

「こうなったらはっきり言うが、おつぎさんが銭箱へ手を突っ込んでいるのを見た者もいるんだよ」

何かの間違いだという言葉は出てこなかった。迂闊だったと思った。客に無心をすることも小遣いをもらうこともあっただろうが、始終留三郎に達引くほどの金が手許にあったわけがないのである。標緻のよい女はほかにいず、客も多かった筈なのに住替えをさせられることになったのは、おつぎのわるい癖を客に訴えられる前に、厄介払いをしようとしたのではあるまいか。

「目をお覚まし」

地主は、留三郎の前においた餞別を手の中へ戻した。

「お前さんが目を覚ましてくれりゃ、わたしも、それなりのことをしてやろうじゃないか。お前さんにゃ残ってもらう。母屋の方の仕事をしてもらうよ」

「断ります」

留三郎は即座に答えた。「お金のことはもう心配しないで」という手紙は、留三郎が見世へ行かぬようになってからきた。おつぎは、留三郎に会いたい一心で、客の財布や持物に手を出したにちがいない。そして多分、悪事の中にたっぷりとある毒を吸い込んで、毒を抜きたいと思っても抜けなくなったのだ。

「わたしのせいで、そんな女になってしまったのだと思います。わたしが、もとのおつぎに戻してやらなければ」

「しょうがない人だねえ」

地主は、また溜息をついた。

「ま、今晩一晩よく考えてごらん。若いから仕方がないとは思うが、ここらで苦労の種を捨てた方がいいと思うよ」

留三郎は考えなかった。考えたところで、出てくる答えはきまっていた。おつぎのあやまちを黙っていてもらえるうちに、おつぎを連れて出て行くほかはないのである。

留三郎は、着の身着のまま家を出た。おつぎは行李の中の着替えを持ち出したかったようだが、留三郎はかぶりを振った。おつぎは、目を伏せてうなずいた。哀しくなるほど素直だった。

が、着の身着のままで、あてのない旅はできなかった。季節は冬だった。意地を張って地主の家でとる朝飯も食べてこず、留三郎は野垂死を覚悟した。一日や二日では死なぬと思ったが、今日が無事でも明日倒れるかもしれず、明日が無事でも明後日の夜に凍えてしまうかもしれなかった。留三郎は、なるべく人目にふれぬよう林の中に入った。松の木の下に蹲って抱いたおつぎの軀が暖かかった。

ふと、目を開くと、にぎりめしがあった。飢えると情けない夢を見るものだと思ったが、幾度まばたきをしても、にぎりめしは消えなかった。

松の木に寄りかかっていた軀を起こすと、おつぎがいた。にぎりめしは、おつぎが持っていたのだった。

おつぎが何をしてきたのかは、すぐにわかった。家を見つけてしのび込んで、食べものを胃の腑へ送ってやって、留三郎にもにぎりめしをつくってきたにちがいなかった。

「食べて」

潤んだ目が見つめていた。留三郎は、横を向いてかぶりを振った。返してこいと、かすれてはいたが声に出して言った。死んでもおつぎに盗みはさせないつもりだったが、気がつくと、おつぎの手が持っているにぎりめしにかぶりついていた。

「そんなことの繰返しでございました」

と、留三郎が慶次郎に言った。

「見つからぬうちにと林の中を出て行きましたが、にぎりめし一つでずっと満腹でいられるわけはございません。それどころか、なまじ腹の虫にめしを食わせてやったせいか、腹が減ってくると我慢ができなくなりました。そんな時に茶店が目に入って、おつぎが団子を買ったのでございます。ええ、おつぎは銭も盗んでいたのです。盗んだ銭で買ったとわかっておりましたが、わたしは団子をひったくるようにして受け取りました」

おつぎは、さすがに顔をあげようとしなかった。

「でも、わたしはまた仕事を見つけました。前と同じように、雇われて田畑を耕すのでございます。おつぎにはよくよく言い聞かせて辛抱させるつもりでしたが、二年で追い出されました」

「十八で逃げ出して、今は三十かえ。十二年もそんなことを繰返していたとは、ご苦労なこった」

と、定八が言った。

「地主の言う通りにすりゃよかったのさ。いくらいい女でも、災いの種じゃしょうがねえ」

「何が災いの種ですか」

留三郎は顔色を変えた。

「ええ、そうです。おつぎにとって、わたしは災いの種です。わたしに甲斐性(かいしょう)がありゃ、おつぎは盗みをせずにすんだ。さっさと身請けをして、何不自由ない暮らしをさせてやれば、こんなことにはならなかった。それが、身請けをするどころか、達引いてもらわなければ会うこともできない男に惚れられたものだから、盗みの味を覚えてしまったんです」

「だから、よ」

定八は手を左右に振って、留三郎の言葉を遮った。

「お前が甲斐性のねえ男だってのも、盗みを働いたのはおつぎだってのも、よくわかった。おつぎを、しょっ引かせてもらうぜ」

「待って下さい」

留三郎が定八に飛びついた。そう見えた。

「わたしは、手前が甲斐性なしだと愚痴をこぼしているんじゃない、おつぎに盗みをさせた、とんでもない男だと言ってるんです。ほんとの盗っ人は、わたしなんですよ」

「わかった、わかった。女房の盗みを黙っていた罪で、お前もしょっ引いてやらあ」

「女房はわるくないと言ってるじゃありませんか。江戸へ行けば仕事があるというからきてみれば、引越しの手伝いとか雪かきとか、食うだけがやっとの仕事しかありゃしない。が、おつぎには仕事があった。縹緻のよさに目をつけた福山が、手伝いにきてくれと言ってきたんです」

「手伝いに出さなければよかったんだ」

「金が足りなくなって盗みをされるよりはいいと思ったんです」

「が、だめだったじゃねえか」

「そうです、だめだったんです。もう、どうしようもなくなって、わたしはおつぎを殴りました。おつぎを殴り殺して、自分も死にたいと幾度思ったことか。でも、それじゃあ、おつぎがわたしのせいで盗みを働いて、わたしに命を絶たれることになる。だから生きていよう、おつぎのわるい癖がなおるのを待とうと思っていたのに、親分がおつぎをしょっ引いて行くのじゃ、あんまりおつぎが可哀(かわい)そうじゃありませんか」

「わかったよ」

と、慶次郎が言った。

「が、お前(めえ)が何と言おうと、人のものに手を出したのは、おつぎさんだ。おつぎさんを番屋へ連れて行くほかはねえ」

「だから……」

「あとは、吟味方の裁量にまかせるほかはねえ」

勘弁してくんなよ、吉次親分。頼りにならなくって、すまねえな。お前(めえ)さんはおみつってえ女に惚れて、おみつに楽をさせてえ一心で、隠しておきたい脛の傷を探し出しては金を強請りとったあげく、おみつに嫌われた。おつぎに惚れて、せっかく大百姓の子に生れながら、仕事もねえ酔いどれにおちぶれた留三郎を、何とかしてやってくれと言いたかったのだとわかっちゃいるのだが。

慶次郎は、おつぎを見た。おつぎは潤んだ目で留三郎を見つめていた。

おつぎのは、病気かもしれねえよ。この病気にゃ伝馬町の牢獄が薬かもしれねえし、おつぎが牢獄に入っている間に、留三郎は酒を飲まずに働く味を思い出すだろう。おつぎは江戸払いですむだろうが、それから先のことはその時に考えようぜ。

おつぎに縄をかけようとする定八に、留三郎が体当りをした。もてあました定八は、慶次郎へうらめしそうな目を向けた。

慶次郎は、留三郎を定八から引き離した。「堪忍」という、おつぎの声が聞えたような気がした。

捨てどころ

米松という子供も生れているのである。別れたいとは思わないが、なぜこんな男と所帯を持ってしまったのだろうと後悔することはある。今日のように、九十八文しか銭がない時だった。

三、四文の銭ならば、舅の七兵衛が持っていることもある。七兵衛は、おまきの亭主であり自分の伜でもある梅吉からもらう小遣いを、遣わずにためている。孫の米松が、飴が欲しい、双六の骰子がなくなったと泣きべそをかいた時に、「ほらほら、祖父ちゃんが買ってやる、泣くな泣くな」といい顔をするための軍資金にするのである。

が、今日は、頼みの七兵衛ですら一文の銭も持っていなかった。先日、米松に、正月にあげる凧を買いあたえてしまったのだという。米松が凧を持って喜んでいたのは知っているが、何も玩具屋にまでいい顔をして、分不相応の高額な凧を買わなくてもいいだろうと、おまきは不平を言いそうになった。

今晩三合ほど炊いて、明日の朝も三合炊きたい米は、米櫃に一粒もない。なくても百文持って米屋へ行けば、一升二、三合の米が買える。二文の銭なら米屋も貸してくれるだろうが、実は一昨日も十文借りた。今日も二文足りないと言うのは、いかにも亭主の稼ぎが少ないようで体裁がわるいし、それに、ぬかみそ漬だけの夕飯では米松が可哀そうだ。

しょうがない。おっ母さんとこへ借りに行くか。

実家の母、おれんは、おまきの生みの親である。金も持っている。おまきの父親は、数人もの売り子をかかえていた魚屋で、五年前にかなりの金を残して他界した。長女のおたえはすでに嫁いでいて、次女のおまきが聟をとることになっていたのだが、その男はおまきの父親が他界する前に急逝、その後、おまきはかねてから思いを寄せていた梅吉と、米松をみごもるような間柄になった。

魚銀といえば、多少は人に知られた店であった。その魚銀をどうする気なのだという、姉や姉の亭主まで飛び込んできてのすったもんだが起こったが、姉のおたえには自分が跡取りであったのに大工の忠次に思いを寄せ、家を飛び出したという弱みがあった。それに、何よりもおまきの軀の中には、魚銀の孫が宿っていた。

それでも梅吉が聟になれなかったのは、梅吉が魚売りではなかったからだった。梅吉は油売りで、しかも油売りに必要な話術は持っているにもかかわらず気が弱く、他の油売りに得意先を奪われても文句が言えない男であった。義兄のように押しが強かったならと今になれば思うが、当時のおまきには、梅吉の気の弱さが芝居の女形のような容姿とあいまって、誰よりもやさしい男に思えていたのだから仕方がない。夢の中にあらわれる梅吉は、いつもだんだらの手拭いで顔半分を隠して、花吹雪の中でおまきを待っていた。

所帯を持って四年もたちゃ、女形みたように思えた男は頼りないだけの男になって、わたしを待っているところは長屋のごみためのくらがりで、仕入れの金を都合してくれねえかってえ時ばかりだ。ああ、いやだ。

おれんに金を借りに行くのもいやだが、背に腹はかえられない。それに、湯屋へも行けず、髪結床へも行けずというありさまになっては、梅吉の唯一の取柄である容姿に傷がつく。おまきと所帯をもったと知っていてもなお、女形の岩井半四郎をほっそりさせたようだと、梅吉が行くのを待っている客もいるのである。薄汚い梅吉を商売に出すのは、女房おまきの名折れというものだろう。

おまきが前掛けとたすきをはずすと、七兵衛が、「米松は俺がみているからいいよ」と言った。実家へ金を借りに行くと察したのだった。

おまきは、継布のあたった足袋を脱いで外へ出た。米松が生れてから寒さに弱くなった。粋を気取っていられず、娘の頃から守ってきた恵比須講が来る前には足袋をはかないという慣習を破ったが、おれんに継布だらけの足袋は見せられない。

凍りつくような師走の風が、足袋を脱いだ足に触れて行った。今、実家は神田鍛冶町の薬師新道にある。もとは表通りにあったのだが、おまきが梅吉と所帯を持ったあと、跡継の養子のことで揉め事があり、嫌気のさしたおれんが店の権利を売って、新道の小綺麗な仕舞屋に移ったのだった。

つめたさに足の指の感覚がなくなった頃、見覚えのある万年青の鉢植えが見えた。物干場に置いてあったのだが、葉を磨かせていた女中が路地へ落としたとかで、人に怪我をさせては大変だからと出入口に置くようにしたという。ところが、ほんの少し紫がかった葉の万年青が盗まれて、近頃は、夜のうちだけ家の中に入れるようになったらしい。

案内を乞う前に、おれんが家の中から出てきた。万年青を眺めに出てきたようだった。おまきの足許を見て、「あら、どうしたの」と言う。

「ばかに粋な恰好をしているじゃないか」

「冬場にも足袋をはかないのは、昔っからですよ」

「恵比須講は過ぎたけどね。第一、粋がるんなら、もう少し気のきいた下駄をはいておくれよ」

下駄まで気がまわらなかったのは確かにおまきの失敗だが、娘の家が火の車だと百も承知の上で言うことではないと思う。だから、実の母親のいる家なのに、ここへくるのは気が重いのだ。

「ま、お上がりよ。粋で凍えちまっている足を炬燵であっためていったらいい。うちの炬燵は炭をけちけちしていないから、あったかいよ」

「別に寒かないけど」

「そうかえ。あったまっている間に、鰻でもそう言ってやろうかと思ったんだけど、そりゃ残念だったね」

鰻。いったい幾月食べていないだろう。おれんは四人前くらい注文して、自分はおそらく手をつけないから、女中の分を残して三人前を持って帰ることができる。四つの米松はまだそれほど食べないだろうし、三人前で夕飯は充分だ。

「で、用事は何だえ」

よだれを垂らしそうなおまきの顔を、薄笑いを浮かべて見ているくせに、おれんは「部屋にお上がり」という言葉を口にしてくれない。おまきはあたりを見廻して、

「ちょっと中に入れさせてもらうよ」と言った。

おれんを押しのけるようにして出入口に入り、女中のおえいを呼ぶ。温かいすすぎ

を持ってきてもらって、塵一つ落ちていない茶の間に上がり、始終布団を取り替えているような炬燵に足を伸ばした。そんな行儀のわるい娘に育てた覚えはないと言われるのはわかっていたが、足の中に立っていたにちがいない霜柱が、じんじんという音をたてて解けているような気がした。

おれんがおえいを呼んだのは、大急ぎで蒲焼をと言いつけたのだろう。鰻屋へ走って行くおえいの駒下駄の音が、茶の間へも聞えてきた。

「さ、用事を聞こうかね。師走もなかばになると、わたしだって遊んじゃいられないんだから」

「あら、そう」

「この節は、お正月の着物一枚頼んでも、こっちがうるさく言わなければ職人が手を抜くんだよ。まったく、お父つぁんが生きてなすった頃には考えられなかったね」

「ふうん。叱言を言うのにいそがしいんだ」

「叱言じゃないよ、わたしが若い職人を躾けてやっているんだよ」

おれんはおまきに背を向けて、茶箪笥から茶筒を出した。菓子折は、茶箪笥の上にのっている。あれは、おそらく羊羹だろう。おまきは米松の持っていた飴を一回舐めさせてもらったきり、このところ甘いものも口にしていない。

「言っとくけどね、おあしを借りたい時は、早めにきておくれ。いくらわたしだって、持ち合わせのないこともある」

「今日は？」

「お前に貸すくらいは持っているよ。お前の言う金額なんざ、たかがしれているから」

「十両貸せと言ったらどうするの」

「貸さないと言うだけさ」

　歯が立たなかった。

　おまきの坐っている横に、よい香りのする茶がはいった湯呑みが置かれ、おれんは羊羹の折を持って台所へ入って行った。

「どれぐらい、いるんだよ」

　羊羹を切っているらしいおれんの声が聞える。三両と言ってみようかなと、おまきは思った。三両あれば今晩の米は無論買えるし、三月ためた店賃も払える。質屋から舅の袖なし羽織と自分の袢纏を出してきても、お餅くらいは買えるだろう。梅吉だって、一文の稼ぎもないわけではない。

　おれんは羊羹の皿をおまきの横に置いて、手文庫を開けた。何も言わずに三両くらいを貸してくれるようだった。

「今更言ってもしょうがないけれど、わたしの言う通りに政吉を聟にしていりゃ、こんなことにならなかったんだよ。政吉は、魚銀のいい跡取りになった筈なんだもの」

「言ってもしょうがないことなら、言わないでおくんなさいな。梅吉だって、一所懸命働いているんだから」

「一所懸命働いたって、女房子供を養えなけりゃどうしようもない。お前の顔を見るたびに、お父つぁんに商売の才覚があって幸せだったと思うよ。お前のお父つぁんの才覚のおこぼれで、梅吉さんだって七兵衛さんだって飢えずにいられるようなものじゃないか」

「おっ母さん。いくらわたしが実の娘だって、言っていいこととわるいことがあるよ」

おまきは羊羹を口の中へ放り込み、金を懐へ入れた。

「おや、そうかねえ。わたしゃ、わるいことを言っているつもりはない。ほんとうのことだけを言っているつもりだけど」

足は充分に暖まった。が、おえいがまだ帰ってこない。帰ってこないのは、蒲焼の折詰を受け取ってこいと言われているからだろう。おえいが帰ってこないうちは、帰れない。

「梅吉さんには、おまきは勘当するつもりで嫁にやると言ったのにさ。こうやってお前は始終たずねてくる。おまけにおあしを出すとさっさと帰っちまう」

　帰りませんよ、蒲焼が届くまでは。

「言っとくけどね、わたしゃ、次から次へとおあしをだす手妻使いじゃないんだよ。梅吉さんも七兵衛さんも、何が目当てでわたしとつきあってなさるんだろうね」

　ただいまという、おえいの声が聞えた。鰻を裂いて焼いてもらうには、半刻くらいかかる。待っていられずに帰ってきたのだとすれば、おまきも腰を上げるほかはないが、障子を開けたおえいは、折詰を持っていた。

「二階のお客が、酔っ払って眠っちまったんだそうです。女将さんが言いなさるには、ちょうど三人前が焼き上がったところだけど、あのお客がすぐに食べるわけがない、急ぎの分はこれを持って行けって。あとの二人前は夕方、小僧さんが届けてくれるそうです」

「ご苦労様」

　おまきは、おれんが何も言わぬうちに蒲焼の折詰をおえいから奪い取って、出入口から飛び出した。帰りを急いでいるふりをして、わざと下駄をはき間違えてきた。くるたびに梅吉へのいやみを聞かされるのである。三両は無論、返すあても返すつもりもないけれど、下駄の一足くらいもらっても当り前だと思った。

「森口の旦那じゃありませんか。まあ、どちらへ」

　声をかけられてふりかえった。四十がらみの小柄な女が、満面に笑みを浮かべて立っていた。仕立てのよい紬の綿入れを着て、決して小さくはない風呂敷包をかかえている。見覚えはあるのだが、思い出せなかった。

「お忘れですか」

　女は遠慮をせずに近づいてきて、顔を突き出すようなしぐさをした。

「魚銀の女房でございます。いつぞやは、大変お世話になりました。亭主は他界いたしましたが、生きております間は始終、あの時のことを話しておりました」

　思い出した。おれんという女房だった。魚銀の若い衆が色恋沙汰で喧嘩をし、相手を傷つけてしまったのを、丸くおさめてやったのだ。もう十年以上も前のことになる。

　きっぱりとした喋り方も、遠慮のない物腰も昔のままだが、いい女だと慶次郎を感心させた容貌は、かなり衰えた。おれんとわかれば、十年前の面影を探し出せぬこともないが、皺の寄った口許から、水際だった女ぶりを思い出すのはむずかしい。

「と申し上げても、すぐに思い出せないのでございましょう。ええ、わたしゃ、みっともないくらい年齢をとりましたからね。どこの婆さんだろう、俺はこんな小汚え婆さんに知り合いはいねえと思ってて下さって結構でございます」

そういえば、売り子を大声で叱り飛ばしていた。威勢のよさでうる魚屋の女房は、大の男に「何をやっているんだよ、まぬけ」くらいのことが言えなければつとまらぬのかもしれないと、妙に感心したものだった。

「思い出したよ。あいにく、小汚え婆さんにも爺さんにも知り合いがいるんでね」

「まあ、お口のわるい」

「お前に言われたかねえ」

意外なことに、おれんは不服そうな顔をした。自分では、さほど口がわるいとは思っていないようだった。慶次郎は、話をはじめに戻した。

「八丁堀からの帰りだよ。夕飯にゃまだ間があるので、ぶらぶら歩いていたら、こんなところへきちまった」

「ご養子のお方が奥様をお迎えになったという噂は、ちらと耳にいたしましたが」

頬をふくらませていたおれんが、今度は痛々しそうな表情を浮かべた。

「わたしもね、娘の亭主にはずれがおりまして。ええ、旦那のお世話になりました時には、まだ手許におりました二番目の娘の亭主なんでございますが。ただ、わたしんとこは離れて暮らしておりますので、顔を合わせずにすみますけれど」

　真顔のおれんが何を言っているのか、一瞬、わからなかった。が、あの出来事以来会っていないおれんが、慶次郎の暮らしの変わったことを知っているわけがないと気づいて、言葉の意味がわかった。おれんは、慶次郎の嫁が「はずれ」だと誤解したにちがいなかった。

　はずれの妻が舅をないがしろにするのだが、息子は養子、妻の舅への仕打ちを見て見ぬふりをしているのだろう、気の毒に慶次郎は居場所がなくなって、師走だというのに夕飯まで外で時を潰している。――

　慶次郎は、八千代が「じいと寝る」と言うので八丁堀の屋敷に泊り、たまには花ごろもに寄ってみようと、昼の客がいなくなる時刻を待っていただけなのだが。

「お前はどこへ行くんだえ」

「そのはずれの亭主のところでございますよ。甲斐性のない男でございまして、お正月も近いっていうのに、子供の晴着もつくってやってないだろうと思いまして」

「ふうん」

「わたしと一緒に暮らせば、子供に寒い思いなんざさせないのでございますが。娘までが意地を張るので困っております」

苦笑いをした顔が、疲れきって見えた。魚銀の看板がなくなったことは慶次郎も知っている。五、六人もいただろうか、大勢の売り子をかかえていた魚銀が店を閉めた原因が、二番目の娘の祝言にあるのだとすれば、おれんは今、一人暮らしをしているにちがいない。口のわるさの裏にある、おれんのほんとうの気持が透けて見えたような気がした。

そら、はじまったと、おまきは思った。

母のおれんが黙って米松の晴着をつくり、持ってきてくれたと思えば、嬉しくないわけがない。下駄や独楽まで風呂敷の中に入っていたのを見れば、さすがに大勢の売り子の面倒をみて、気のきくおかみさんという評判をとっていただけのことはあると思う。しかも、先日、母からもらってきた三両は、ためていた店賃を払ったあと、思いがけぬ出費があって、何が何だかわからぬうちに消えてしまった。その金で買って、かたちとなって残っているのは、正月に着せる米松の古着だけだった。気のきく母親の好意は、身にしみて有難いのである。

あの日、蒲焼があって飲むものが白湯ではあまりにも淋しいと、茶の葉と七兵衛のための酒を二合買った。七兵衛は、正月がくる前に正月がきたと、相好をくずして喜んだ。それから炭を買って、米屋に十文返したついでに百文で米を買って、梅吉が商売から帰ってくるのを待って、四人そろって湯屋へ行った。

幸せだった。葉茶屋や炭屋に払う金が、母親からもらったものであるとは、きれいに忘れていた。足が痛いの手が痛いのと言っている七兵衛も、やっぱり鰻は薬だねえなどとそれからしばらくの間は上機嫌だったし、梅吉も精いっぱい歩きまわったのか、いつもより売り上げが多かった。

が、まず、七兵衛が転んで足首を捩った。「大丈夫ですよね、お義父つぁん、お医者様に診せなくっても」とおまきは言い、七兵衛もしぶしぶうなずいていたのだが、つづいて梅吉が腰を痛めてしまったのである。

一昨日のことだった。戸板ではこばれてきた梅吉を見て、「大丈夫ですよね、お医者様に診せなくっても」と言えはしない。向こう三軒両隣りの女達に手伝ってもらって梅吉を医者へはこぶ騒ぎとなったが、それで「お義父つぁんは、寝て癒しておくんなさいな」と言えなくなった。梅吉を戸板ではこんだあと、七兵衛は米屋の荷車を借りて医者へ連れて行き、二人分の薬をもらってきた。ゆっくり正月を越せると思っていた金は、診立て代と薬代、それに戸板で梅吉をはこんできてくれた得意先の人達と向こう三軒両隣りへの礼で、ほとんど消えた。

四畳半一間の、狭苦しい家へ入ってきたおれんの第一声は、「あらまあ、薬くさい」だった。二人の膏薬と、痛みをやわらげるという煎じ薬のにおいが家の中にこもっていて、一昨日の夜は「気持がわるくなった」と米松が泣き出したほどで、言われても仕方のないことかもしれないが、それだけですむわけがなかった。

「師走も押し詰まってきたというのにお二人ともお寝みで、働いているのはおまき一人ですかえ。のんきで、羨ましいですねえ」

それを聞いて、そら、はじまったと思ったのだが、実は同じようなことを昨夜、おまきも言った。梅吉の腰をさすってやりながら、「ほんとにもう。腰を痛めるんだって、時期というものがあるよ」と、七兵衛には聞えぬよう、声をひそめて、だが語気は強くして言ったのである。

「すまねえ」

と、梅吉は小さな声で言った。

「商売を終えて、荷をかついだところで呼びとめられてさ。ふりかえろうとしたら、腰に目のまわるような痛みが走って、立てなくなっちまったんだ」

「まったく。何年、この商売をやってるんだよ」

思わず腰をさすっている手に力が入って、梅吉は悲鳴をあげた。暗闇に慣れた目にぼんやりと映っただけだが、情けない姿だった。

情けないといえば、寝床から這うように出てきておれんに礼を言っている姿もそうだった。ただでさえ梅吉に何か言いたくてたまらないおれんに、悪口雑言とまではゆかないが、似たような言葉を言いまくる種をあたえているようなものだった。

「まあ、荷をかつぎ慣れた者でもねえ、時折そういうことがあるんですよ。昔、うちでも、売り子が腰をさすっていることがありましたっけ」

「さようで」

「でも、暮に寝込む者はいませんでしたよ。だって、こういうことってのは、気がゆるんだ時に起こるんだから」

「へえ」

梅吉は、母親にしかられた子供のようにうなだれた。敷布団を二つに折り、壁に寄りかかっていた七兵衛も顔をそむけた。おれんから三両もらって浮かれたあとの怪我だっただけに、おまきも言い返すことができなかった。

「でも、まあゆっくり休んでおくんなさいましよ。梅吉さんはほっそりしてなさるから、重い荷をかつぐ商売は、はじめっからむりだったのかもしれない。そう思ったか

ら、祝言の前に、うちへこないかと申し上げたんですけどね。算盤がうまくないって
言ってなすったのも承知の上でね」
「すみません」
梅吉は、うなだれている頭をなお深く下げた。
「おたずねするなり、びっくりさせられたけど、ちょいと休んでいってようござんす
か。そちらから何も言っておくんなさらないので、こっちから言いますけど、米松は、
わたしにとっても孫なんです。顔を見てから帰りたいじゃありませんか」
おまきは、ふっと十四、五の頃に見た芝居を思い出した。外題――芝居の題名は忘
れたが、美しくしとやかな奥女中が意地のわるい局にいじめられる場面があった。
そういえば芝居など、夢のまた夢になったとおまきは思う。いつだったか、おれん
が、三つ四つの頃から芝居が好きだったお前の子なら、米松もおとなしく見ているだ
ろう、米松も連れて半四郎を見に行こうと誘ってくれたことがあったが、着物はおれ
んに買ってもらうとしても、女髪結いに髪を結ってもらわなければならないし、気の
きいた履物もないしと考えているうちに面倒くさくなって、断ってしまった。
「あの、お節介だとわかっているんですけれど、正月に着替えるものを、梅吉さんの
も七兵衛さんのも、それからおまきのも、古着だけど買っておきましたよ。ただ、裾

まわしがみんな、すりきれていたんでね、今、取り替えさせています。明日か明後日、女中に届けさせますから」

「すみません」

おれんは、大仰な溜息をついた。

「わたしは始終、こうやってみんなのことを思っているんですけどねえ」

「すみません」

「おまきも気がきかなくなったね。わたしゃ、神田から荷物を持ってきたんだよ。いくら寒くたって、のどはかわくよ」

「あら、すみませんでしたね」

「また、すみませんかえ。有難うとか、ご苦労様とか言えないのかね」

「どうも、有難うございます」

のどがかわいていると言ったが、おれんは熱い茶が好きだった。おまきは、鉄瓶の湯を熱くしてやろうと、火消壺の蓋を開けた。が、火鉢は十月のはじめに質屋から必死の思いで請け出してきたが、十能と炭取りはまだそのままになっている。火消壺を火鉢のそばへはこんで行くおまきを見て、おれんが黙っているわけがない。

しかも、わるいことに小さな小さな足音がした。長屋の腕白達と遊んでいた米松が帰ってきたのだった。

　おまきは、母親の視線を遮るように米松の前に立った。昨夜、ほころびをつくろってやろうと思いながら眠気に負けてしまった足袋からは、泥に汚れた親指が出ているし、すりきれた襦袢はあまり暖かくないらしく、寒風に洟をたらしている。いつもの通りといえばいつもの通りの姿だったが、これも、おれんには見せたくない。

　が、おれんは、先刻とはうって変わった甘たるい声で米松を呼んだ。米松も、「お祖母ちゃん」と、おまきを押しのけておれんに駆け寄った。玩具を買ってくれたり、うまいものを食べさせてくれたりするおれんは、米松にとって「大好きなお祖母ちゃん」なのだろう。

「いつきたの、お祖母ちゃん。俺、お祖母ちゃんがくるの、いつも待ってるんだよ」

「ま、可愛いことを言うねえ」

　おまきは、おれんが涙ぐんだのではないかと思った。米松がもがくほど強く抱きしめて、頬ずりをしている。

「待ってないで、お祖母ちゃんのところへおいで。お祖母ちゃんも、米ちゃんのくるのを、いつも待ってるんだよ」

「ほんとに？　じゃ、俺、明日、遊びに行く」

「いいよ、待ってるよ」

おまきは、おれんが米松を抱きしめている間に、火消壺の消炭(けしずみ)二つを器用に火箸(ひばし)ではさんだ。火鉢まで落とさずに持って行って、鉄瓶の下の火を強くする。梅吉もそっと寝床へ戻って行き、七兵衛も、繃帯(ほうたい)の巻かれている足を伸ばした。

「遊びに行ったら、金(きん)ちゃんが持っているような大(お)っきな凧(たこ)、買ってくれる」

「だめ」

おまきは、あわてて口をはさんだ。

「お祖父(じい)ちゃんに、あんないい凧を買ってもらったばかりじゃないか」

「だって、小さいんだもん」

確かに小さかった。七兵衛に買ってもらってきた時はこんな贅沢(ぜいたく)なものをと思ったが、路地で子供達が自慢しあっているのを見ると、贅沢どころではなかった。

「金ちゃんは八つだろ」

と、おまきは、茶筒を出しながら言った。三両をもらった時に買った茶の葉は、まだ充分に残っている。

「勘定をしてごらん。金ちゃんはお前より幾つお兄さんだえ」

米松が小さな指を折った。

「四つ」

おれんの表情がゆるんだ。目尻が下がったのだった。

「まあ、米ちゃんは偉いねえ。そんな勘定もできるのかえ」

「できるよ」

米松は得意になって、十文から五文をとると五文だとか、五つの石ころに二つ石ころを足すと七つだとか言っている。「偉いねえ」と、おれんは、おまきにはうるんでいるように見える目をして、もう一度米松を抱きしめた。

「それじゃ、お祖母ちゃんがご褒美に大っきな凧を買ってあげよう。金ちゃんよりもっと大っきな凧でもいいよ」

「ほんと？　いつ、いつ買ってくれるの」

「いつだっていいよ」

「今日でもいい？」

「だめ」

もう一度、おまきは口をはさんだ。おれんに大きな凧を買ってもらっては、孫の喜ぶ顔見たさにわずかな小遣いをためていた七兵衛の面目は丸潰れとなる。第一、凧を買うなら十能と炭取りを請け出してもらいたかった。

「もったいないことを言うんじゃないの。両手で揚げられるわけじゃなし、幾つも買ってもらってどうするの」

「お正月がきたらね、大っきな方を揚げて、その明日は、小さい方を揚げるの」

「だめ。凧は一つでいいの。二つもだなんて、もったいない」

「いいじゃないか」

と、今度はおれんが口をはさんだ。

「お祖父ちゃんに買ってもらったのと、お祖母ちゃんに買ってもらったのと二つあったって」

「いい加減にしておくんなさいな、おっ母さんも。そんなに甘やかされたら、あとで、わたしが困るんですからね」

「何が困るんだよ。お前の懐が痛むわけじゃなし」

「小さい頃から贅沢を覚えたら、ろくなことがありませんからね」

「そうだねえ。お前なんざ、三つ四つの頃から明日は芝居だ、明後日は欲しがっていた人形だ、その次の日は赤いおべべだって具合に育てられたのに、ろくな娘に育たなかった」

「おや、すみませんでしたね」

「今更あやまってもらったって、どうしようもないよ。親の店を潰して、亭主に死なれた女親を放ったらかしにして、ほんとにお前は親孝行だよ」

目の端に、むっとしたらしい七兵衛の姿が映った。おれんに言いたいことがあるのか、痛む足を畳につくまいとする窮屈な姿勢で、二つ折りにした布団から降りようとしている。言葉で七兵衛がおれんに勝てるわけがなく、おまきは、七兵衛を抱きかかえるようにして坐り(すわ)なおさせてやった。七兵衛の軀(からだ)から、老人特有の体臭がかすかに漂った。

おれんも、こんなにおいがするようになったのだろうかと思った。姉のおたえの家には舅(しゅうと)夫婦がいて、しかも姑(しゅうとめ)の方が病いがちなので、めったに出かけられないと言っていた。おれんの家にも、父の祥月命日(しょうつきめいにち)くらいにしか顔を出さないらしい。おれんは、「あの子の亭主は一人前の大工だからね、こっちは何も心配することはない。わたしも行かないから、赤の他人のようだよ」と言っていた。

七兵衛は、おまきに坐らせてもらったことで気持が落着いたのか、おれんの方へ視線を動かしてみせて苦笑した。おまきも苦笑して、「すみません」と唇を動かしてみせた。

が、そのうしろから、梅吉の声が聞えてきた。ふりかえると、床から這い出した梅吉が、そのままの姿勢で「あんまりじゃありませんか」と言っていた。おまきは、まだ袖をつかんでいる七兵衛の手を振り払って、梅吉ににじり寄った。七兵衛が言い返すことはあっても、梅吉は黙っていると思っていただけに意外だった。

「跡取り娘だったおまきをかっ攫った奴が、これほど甲斐性がねえのだから、お腹も立つかもしれません。が、おまきは始終、神田のうちへ行っているじゃありませんか」

「ああ、きてくれてますよ、火鉢を請け出したらお米を買うおあしがなくなっちまっただとか、隣りの子供に表の障子を破られちまったけど障子紙が買えないだとか、よくもまあ、これだけおあしの足りなくなることがあるものだと感心するくらい、始終うちへきてくれますよ」

だから、やめておけばよかったのにと、おまきは思った。おれんにまくしたてられて、梅吉が口をつぐんだのである。

「まあ、まるで知らぬ顔をされるよりはいいかもしれませんけど。何だかだとうちへくるのは、頼りにされているってことでしょうから」

「すみません」

おまきは、舌打ちをした。あやまるくらいなら、痛む腰をさすって這い出すことはなかったのだ。

「腰が癒ったら稼ぎます。ご迷惑をかけないようにします」

「いいえ、そんなこたあ言っちゃいませんよ。お米を買うおあしがありゃ、うちになんざ、こなくなるでしょうから」

「そんなことはありませんって」

「そうですかねえ。おあしでつながっている母子かと思うと、淋しくなるけど」

「ですから、腰が癒ったら……」

「いいんですったら。わたしもあの世からのお迎えが近くなったけれど、亭主の残してくれたお金がまだ残っているし、地獄の沙汰も金次第とは言うけれど、棺桶にお金を入れてもらうわけにもゆきませんからね。どぶへ打棄るより、娘にくれてやった方がいい」

「何ですって」

　おまきは、血相を変えておれんに詰め寄った。

「どぶへ打棄るよりましだとは何ですよ。おっ母さんは、そんな気持でわたしにおあしを渡してくれてたんですか」

　よほどすさまじい形相をしたのかもしれない。米松が泣き出した。抱きとめようとするおれんの手を振りきって、七兵衛の方へ駆けて行く。七兵衛の胸に顔を埋めたらしい米松を、おれんの視線が追っていた。

「どんな気持で渡してたって、高利のお金よりましだろう」

呟くような言葉だった。が、おまきは我慢できなかった。どぶへ棄てるよりましだとまで言われ、さすがに肩を震わせてはいるものの、黙っている梅吉にも腹が立った。

「何とか言っておやりなさいよ、お前さん」

「お前の母親だろうが」

間髪を入れずに、おれんが口をはさんだ。

「そうですよね、梅吉さんにとっちゃ、わたしは母親じゃない、赤の他人なんだ」

「そういうことではないんです」

「お前さんが言訳をするこたあない。おっ母さん、この人やうちのお祖父ちゃんにあやまっておくんなさいな」

言いながら、しまったと思った。「うちのお祖父ちゃん」という言葉を、おれんは聞き逃さぬ筈だった。案の定、「うちのお祖父ちゃん――かえ」とおれんは呟いて、口許を歪めた。

「やっぱりね。わたしゃよそのお婆ちゃん、お前さん達の金袋に過ぎなかったんだ」

「おれんさん、それはちがう」

七兵衛だった。七兵衛は、米松をしがみつかせたまま、片方の足を上げた奇妙な恰好で近づいてきた。

「いつも、つい甘えさせてもらっちまうが、それは、おれんさんが他人じゃねえと思っているからなんだ」

「都合のよい時だけ、他人じゃないんでしょう」

「おっ母さんったら。お前さんも黙ってないで、何とかお言いよ。もとはと言えば、お前さんが商売に出られなくなったのがいけないんじゃないか」

「何だと」

梅吉の頬がひきつれたのはわかった。いつも胸のうちに抑え込んでいるものが、噴き出したのだともわかった。が、噴き出し方は、おまきが想像したより激しかった。

「手前まで、稼ぎの少ねえ男が一人前に医者にかかりゃがってと思ってたのか、このあま。俺だって、一所懸命働いているんだ」

梅吉の手が頬で鳴った。その音も、確かに聞いた。が、その手がふたたび頬を殴る前に、おまきは梅吉を突き倒していた。

動けなくなった梅吉を庄野玄庵のもとへはこんでやったあとで、慶次郎は、おれんを晃之助の屋敷へ連れて行った。

梅吉を玄庵の家へはこぶまでには、突き倒された梅吉の悲鳴を聞いた隣りの女房が差配の家へ飛んで行き、大騒ぎに気づいた岡っ引が路地へ入ってきて、おれんが出会ったばかりの慶次郎の名を叫ぶなど、一騒動があったらしい。岡っ引が八丁堀へ走って、たまたま居合わせた辰吉が、花ごろもへ知らせにきてくれた。皐月が、多分寄り道をしていると教えてくれたのだそうだ。

玄庵は、おまきに突き飛ばされ、痛さに一瞬気が遠くなったと訴えた梅吉に、正月までには癒ると答えた。が、癖になるかもしれないとも言っていた。その枕許で、おれんは嬉しそうに「それじゃ、うちへくればいい」と言ったのである。だが、喜んで「行く」と答えたのは、おまきに背負われてきた米松だけだった。

おまきは、声も出せなくなった梅吉を見て、命にかかわるような怪我を負わせてしまったのではないかと思ったらしく、蒼白な顔で戸板の横についてきた。七兵衛も辰吉の肩を借り、足をひきずりながら懸命に歩いてきて、ついでに薬を玄庵の弟子に塗ってもらっていた。

おれんの言葉に、七兵衛は苦い顔をした。あの暮らしぶりでは、少なくとも梅吉が重い荷をかつがなくてもすむ商売を見つけるまで、おれんを頼るほかはないと思うのだが、当の梅吉も浮かぬ顔で黙っていた。

戻ってきた慶次郎を見て、「じい」と嬉しそうに駆けてきた八千代は、皐月が抱きとめて居間へ連れて行った。晃之助も帰っているので、その膝の上にいるのだろう。

時折、はしゃいで笑う声が聞えてくる。

「おまきが梅吉を突き飛ばしたってえが」

と、慶次郎は、八千代の声が気になるらしいおれんに言った。

「口がわる過ぎるよ、お前さんは」

「そうは思っておりませんのですけれども。ほんとうのことを言っているだけなんでございます。根性の方は、近頃、大分わるくなったようでございますが」

「どうして」

しばらくしてから、おれんは低い声で答えた。

「誰も、わたしのことをかまってくれないものですから」

「そんなこたあねえだろう。おまきさんとこと、つきあいがあるんだし」

「困った時に助けてやるだけのつきあいでございますよ」

と、おれんは言った。

「芝居に連れて行ってやると言ったって、昔、あれほど芝居の好きだったおまきが、行こうとは言ってくれません。一人で行ってもつまらないものですから、このところ、わたしも出かけなくなりました。おあしがなくならないかぎり、うちへきてはくれないのでございますよ」

でも——と、おれんは長く深い息を吐いた。

「わたしの持っているお金は、おまきの父親が残したものでございます。おまきのために遣ってやらなければならないと、おまきには言っておりませんけれども、そう思っているのでございます。ですから、今度のことをきっかけに、お金は出してやるから、どこか店を借りて商売をしろと、そう言ってやろうとは思っているのでございますよ。根性がわるくなっておりますから、すぐにはそう言えませんけれども」

「親なんだな、お前も」

「ええ、こう見えましても親でございます」

おれんは、うっすらと笑った。行燈（あんどん）の明かりで見ているせいか、縹緻（きりよう）よしだったおれんの面影が髣髴（ほうふつ）とした。

「店を出させてやったら、商売に夢中になって、わたしのことなんざ、なおかまってくれなくなるかもしれませんね。わたしの根性はわるくなるばっかりで、女中が苦労をするでしょうねえ」

おれんは、行燈の明かりへ目をやった。雨戸を入れ、障子も閉まっている部屋へ風が入ってくる筈はないのに、明かりは大きく揺れている。

「いや、店を持たせてやると、おまきさんは始終、お前んとこへくるようになるかもしれねえぜ」

おれんは、魚銀の女房だった。大きな店をきりもりしていたことがある。が、七兵衛も梅吉も、店を持ったことなどなさそうだ。どんな店を出すかわからないが、いずれにしても繁昌（はんじょう）するには時が必要だろう。おまきは、客がこないの、客がきているのに利益がないのと、おれんに相談をしにくることになる。ことによると、「せっかくの店を潰（つぶ）されてたまるか」とおれんが乗り込んで、同居することになるかもしれなかった。

「そうなりゃいいんですけれども」

「なるさ、多分」

「多分、でございますね」

おれんは、声をあげて笑った。

慶次郎は、声を出さずに笑った。

おまき一家は、おそらく店を出すことになるだろう。おれんは魚銀が残してくれた金のほとんどをおまきに渡し、店を出したおまきは、おれんを頼ることになるだろう。どちらも、これまでとは少しちがう暮らしをするようになるのである。おれんが根岸に「まったくもう、娘の亭主ときたひには」、おまきがおたえに「たまにゃおっ母さんを連れ出しておくれよ」と、それぞれの言い分を訴えに行くことも多くなる筈だった。それはそれで、つきあいが深くなり、結構なことではあるのだが。

解説　至福の時を、ありがとう

菅野高至

　早いもので、「慶次郎縁側日記3」の放送が終わって、もう二年の歳月が流れている。文庫の解説をと頼まれて、「赤まんま」を読み返したりして、久しぶりに慶次郎の世界に触れて少し緊張している。なぜ緊張するかと言えば、慶次郎の小説世界が実に奥深いからである。うっかり早読みをして分かった気になっていると、痛い目にあうのだ。かつて、こんなことがあった。どの短編をどのような順で並べて、慶次郎のメインテーマを描くかの打合せをしていた。同じ短編のことを話しているのに、なんか話が嚙み合わない。よくよく確かめると、話の出口をそれぞれが、違う受け止め方をしていたのだ。

　久しぶりに読むと、短編の密度の濃さがなぜか良く分かるのだ。

　このシリーズ第八巻の『赤まんま』は、パート1の放送にあわせて単行本で出版された。だが、この本の中からドラマ化された短編はない。第九巻の『夢のなか』は発想のヒントも含めて、三編がドラマになっている。シリーズ第一巻から第九巻までで、この巻だけがなぜかドラマ化とは縁が無いのだ。

なぜでしょうか。答えを先に言うと、レギュラーの活躍度が薄いので、敬遠してしまったのだ。だが、ドラマ化を考えなければ実に切ないほどのいい話が揃っている。では、慶次郎たちが何をしているかと言えば、罪を犯しかけている男や女たちの話をひたすら聞いているのだ。慶次郎も晃之助も、皐月さえも聞き上手である。この聞き上手が、慶次郎シリーズの物語の密度を濃くしている一つの理由だと思っている。

「嘘」に出て来る弥五と言う下っ引がいる。嘘から逃れられず、詐欺まがいの人生を送るおはまに、生き直しのきっかけになればと、そっと背中を押そうとする、いい男なのだ。シリーズの番外編『脇役』で、辰吉の手下となる、弥五の半生が描かれている。たまらなく愛しい人間だが、この弥五さえも聞き上手なのだ。

おはまは人の職業を見た目で当てるのが得意だが、弥五を最初に見て、「顔つきを見ると大店の手代あたりではないかと思うのだが、喋り方は職人風で」、結局、ここでは分からないままに終わる。それから名を「弥五」と聞いて、おはまは「伊三だの卯四だのと、伊三郎とか卯四吉とかいう名前の一部を失ってしまった男達に、ろくな者はいなかった」と思う。ここで又、読者が『脇役』の短編を思い出せば、物語の奥行きが一層深くなるのだ。弥五は横山町一丁目の糸物問屋「小桜屋」の跡取り弥四郎のなれの果てだと思い出せば、嘘をまとった女への弥五の戸惑いは、読んでいて、不思議にドキドキしてくるのだ。

嘘をついて男に寄生するしか生きる術がないと思っている女。幼馴染みの許嫁に駆け落ちをせがまれても、古傘買いの下っ引きの女房にしたくないと身を退く弥五。この二人が交錯するだけで、その呼吸を聞こうとすると、たまらなくドキドキするのである。だが、残念ながら弥五はドラマには出てこない。悲しいかな、ドラマではレギュラーとして描ける人物の数に限りがあるからなのだ。

『脇役』から『赤まんま』へ、弥五は弥五なりの成長があったのではないか、と勝手に思ったりする。これが密度の濃さの証でもある。また、読者が勝手に話の続きを想像したりする。おはまの嘘が幾分かでも淡くなるような歩き方をしろと、誰かがそっと背中を押すのだろう。それは、おぶんなのか、辰吉なのか、ひょっとしたら佐七かも知れない。

連作シリーズの短編の楽しみは、こういう読み方が出来るってことなんだと、久しぶりに読んでまた思った。時に自分に引きつけて、お話を考えて行く。自分が彼女を世話するとしたら、何をしてやれるんだろうか、と。そんな勝手な読み方に耐えられる小説はやはり密度が濃いのだ。だから慶次郎シリーズは読者に愛されてやまないのだと改めて思うのだ。

テレビドラマの世界では、素敵な作品は人と人との不思議な出会いから生まれる。

あれは2000年の夏だった。あの頃のNHKにも、金曜時代劇のような連続ドラマには軽いもの、口当たりのイイものを求めたがる風潮があって、当初この企画は日の目を見なかった。地味でいいドラマにはなるが、始まりが余りに悲しく辛いと、三千代の事件がネックとなって、あっさり企画は没になってしまう。

それでも懲りもせずというか、「暗くて何が悪い！」と意地を張って、折に触れ企画を出していたのが天に通じたか、高橋英樹さんが「慶次郎は俺だ！　俺以外に誰がやれるんだ！」と吠えていたと教えてくれる人がいたのだ。

言われてみて、なるほど！　あの明るいキャラクターの高橋さんならば、暗くはならない！　「高橋慶次郎」が認められて、ようやく企画のゴーサインが出る。あれから三年後の2003年の初秋だった。

その時、脚本家は宮村優子さんだ！　と、訳もなく思いついた。それは、この原作だから、今までにない深い内容の連続時代劇になると思ったからだ。だから脚本家は冒険をしよう、新しい出会いを選ぼう、そう覚悟した。プロデューサーが守りに入れば、力のない作品になる。宮村さんとはまだろくに話をした事もなかったが、後輩のE君が宮村さんと格闘して、素敵な作品に仕上げるのを遠目に見ていて、私には要注意の脚本家だったのである。

四十分少々の時間で、人間としての〝仏の慶次郎〟の深い葛藤を描いて、ある感動をもたらすには、脚本家にはそれなりの力業が必要だった。

ドラマの第一回「その夜の雪」では、三千代が自害して、仏の慶次郎が鬼になって見つけた常蔵を斬ろうとして、吉次や辰吉、晃之助に止められる、そして晃之助が養子になると申し出る——これを、皐月の祝言の十日前、慶次郎が八丁堀を出て根岸の寮に行く時から、回想している。これほど濃密な内容を、各人物の気持に嘘をつかずに枠の中に収められるのは、宮村さんの力業だからこそなのだ。

パート1からパート3へ、シリーズとなった連続ドラマのプロデューサーにとって、楽しみの一つは役者が役を演じながら旨くなるのに立ち合うことである。失礼ながら、辰吉役の遠藤憲一さんがそうであった。パート1では辰吉を描くスペースが殆ど無かったので、パート2の物語全体を辰吉で通している。パート2の第一回は幻の長編「雪の夜のあと」をベースにした。

話は逸れるが、慶次郎と関わった数年間は何とか使い慣れた筆記具のワープロを、便利な玉手箱だからと騙されてパソコンに変えさせられ、気が付けばその玉手箱が新しいメディアだったと分かり、今や放送もIT化の荒波に揉まれていて、活字世代は何処まで付き合えばいいのかと悩んでいたりする。

話を戻そう。慶次郎の最初の企画書はワープロで書いて没になった。書き直しながらパソコンになじんでいった。ある日、ネットの古本屋で讀賣新聞社刊の『雪の夜のあと』を見つけた。買って一気に読んだ。人は人を何処まで許せるのか、「慶次郎縁側日記」は限りなく深く濃密な物語だと知った。

パート1が終わって、演出の吉村芳之が呟いた。パート2は「雪の夜のあと」から始めたい、と。長編小説はドラマではお話がこう変わっている。

慶次郎の前に三千代の仇、常蔵と娘のおぶんが再び現れる。三千代の死から四年半、嫁の皐月に八千代がうまれる。そして常蔵が又、悲惨な事件を招いてしまう。女二人の人生を翻弄する父親が許せないと、娘のおぶんは常蔵を殺そうとする。慶次郎はなぜあの時、仏が「鬼になって」娘の仇を取らなかったかと深く悔やむのだ。親子は辰吉に付き添われ、巡礼の旅に出る。

第二回からはその一年後、常蔵は重い病を得て、藤沢に暮らし、おぶんは辰吉の身の回りの世話をする。……そして三千代の死から六年余、慶次郎は常蔵の死を看取り、最終回、辰吉とおぶんは祝言を上げる。辰吉は濃密な物語の陰の主役である。愛妻を殺した男を殺そうとして、慶次郎に止められ、お手先となった。それから慶次郎は常に辰吉の視線に晒されている。お前は何処までも人を許せるのか、と。

パート2の濃密な辰吉を生ききった遠藤さんは、鍛えられて素敵な役者になった。宮村さんの力業の脚本のおかげである。力業の脚本を宮村さんに書かせたのは、言うまでもなく濃密な物語を書いた、北原さんである。

そして又、忘れてならないのは遠藤さんの芝居を受けて返した、素敵なレギュラーの共演者たちだ。恋女房のおぶん役の邑野みあさん、皐月の安達祐実さん、晃之助の比留間由哲さん。花ごろものお登世のかたせ梨乃さん、飯炊き佐七の石橋蓮司さん、そして蝮の吉次の奥田瑛二さん。濃密な物語の中で、若い役者も手練れも、みなが思う存分演じてくれたおかげでもある。

素顔の遠藤さんは伏し目がちでシャイな人。愛妻のためにも少しお酒は控えめにして、枯れても色気のある老優になって欲しい。いつか、そんな遠藤さんを見てみたい。

パート3は「峠」をベースに、十一年前に定町廻りの慶次郎が裁いた男たち、宗七と四方吉が、慶次郎に再び重く問いかける。人は人を何処までも許せるのか、と。その問いの後始末を親から子へ、晃之助が背負って、パート3の最終回「峠の果て」が終わる。ドラマの時間では、三千代の死からちょうど十年、おぶんが辰吉の子を身籠もったのを心から祝福する慶次郎がいる。

パート1が始まって間もなく、厚かましくも北原さんに、「ドラマ的には辰吉とおぶんに子が生まれると完結するのですが……」、とお聞きしたことがある。北原さんはきっぱり「おぶんに子は生まれません」と答えた。北原さんの人間を見つめる優しさが、果てなく奥深いものだと、その時はじめて知ったのだ。

小説の辰吉やおぶんは流産をしても、それでも優しく生きている。慶次郎や佐七、晃之助や皐月、お登世や吉次とともに、人々の心の傷とつきあいながら。

このドラマづくりの三年半は、私や演出の吉村、そして宮村さんや出演者の皆さんにとって、贅沢で夢のような奇跡の歳月でした。ドラマの作り手たちの我が儘に、北原さんは文句をひとつ言うでもなく、目を瞑って許して下さった。だからもう、慶次郎と素敵な仲間たちを小説世界に帰すべきだと、そう思ってパート3を終えた。

北原亞以子さん、ありがとうございました。感謝の言葉もありません。

平成二十年八月

（すがの　たかゆき／テレビドラマ・プロデューサー）

＊新潮文庫版に掲載されたものを再録しています。

赤（あか）まんま
慶次郎縁側日記（けいじろうえんがわにっき）

朝日文庫

2024年３月30日　第１刷発行

著　者　北原亞以子（きたはらあいこ）

発行者　宇都宮健太朗
発行所　朝日新聞出版
〒104-8011　東京都中央区築地5-3-2
電話　03-5541-8832（編集）
03-5540-7793（販売）
印刷製本　大日本印刷株式会社

ISBN978-4-02-265141-9